나비의 뼈

최성배 소설집

나비의 뼈

도화

나비의 뼈

초판 1쇄인쇄 2016년 10월 12일
초판 1쇄발행 2016년 10월 14일

저 자 최성배
발행인 박지연
발행처 도서출판 도화
등 록 2013년 11월 19일 제2013-000124호

주 소 서울시 송파구 중대로34길 9-3
전 화 02) 3012-1030
팩 스 02) 3012-1031
전자우편 dohwa1030@daum.net
인 쇄 (주)상현디앤피

ISBN | 979-11-86644-22-5*03810
정가 13,000원

도화道化, fool는
고정적인 질서에 대한 익살맞은 비판자,
고정화된 사고의 틀을 해체한다는 뜻입니다.

차례

영등포의 밤

　　　　　　　　　마지막 무궁화열차는 진즉 떠났다. 남자가 허둥지둥 영등포역 앞에 내린 것은 한참 뒤였다. 새벽 06시 03분이 되어야 첫 열차를 탈 수 있다. 후텁지근한 밤거리도 점점 잠들고 있다. 이제 남자는 별 도리 없이 어디에서 몇 시간을 죽쳐야 했다. 부천에서 오다가 술을 마신 탓이다. 전철을 마다하고 버스를 타서 오목교와 철산대교를 헷갈린 탓이기도 했다. 이마저도 그 여자로 인한 것인가. 아니다, 모든 것은 자기 자신 때문이리라. 이제 그래야 한다고 남자는 입을 앙다물었다. 갑자기 땀에 젖은 몸이 무겁게 느껴졌다. 어깨에 멘 가방은 열차를 놓친 허전함까지 담아 온몸을 짓눌렀다. 둥글고 긴 가방까지 자신의 삶의 무게만큼이나 중압감으로 퍼지고 있었다. 몸 자체의 하중과 가방의 하중에다 머릿속에 가득 찬 어지러움까지 모두! 뻣뻣한 다리의 관절과 나이키운동화가 간신히 모든 걸 지탱하고 있다.

남자는 힘없는 발길로 하얗고 거대한 역 건물을 나섰다. 딱히 목적이 있는 것도 아니다. 발길이 닿는 대로 걸으면서 어지러운 생각들을 정리해 볼 참이었다. 우체국 빌딩이 보이는 역 광장 난간에는 몸을 가누지 못한 취객들이 붙어있다. 맥도날드 햄버거빌딩 옆으로 영어 어학원과 휴대폰, 피부성형 따위의 건물들은 임대문의 현수막을 내건 채로 다닥다닥 붙었다. 남자의 눈에 보이는 거리며 건물들은 왠지 낯설게 다가왔다. 그래도 이십 년 가까이 이 도시에 살면서 가끔 씩 지나쳤던 곳 아니던가. 상가들이 나란히 서있는 큰길에서 안길로 들어섰다. 불빛들이 꺼지기 시작한 큰길에 비해 내비치는 휘황찬란한 불빛들과 와자한 소음이 좁은 안길을 가득 메웠다. 길이 더 좁아지면서 오래된 낡은 건물들이 비죽비죽 밀집되어 맞닿은 곳이다. 주점들과 오밀조밀 박혀있는 여관들의 불빛은 띄엄띄엄 눈을 감았다. 아직 재개발이 덜 되어 남은 시장 쪽으로 연한 지역이었다. 낫살깨나 든 여인들이 드문드문 서서 팔짱을 낀 채 남자를 힐끗 바라다보았다. 남자는 고개를 돌려세워 애써 그녀들에게서 시선을 피했다. 만약 남자의 눈빛이 호의적이라고 판단되면, 그녀들의 집요한 시선은 화살처럼 박힐 게 빤했다. 길을 거의 빠져나갈 끄트머리쯤이다. 오종종한 얼굴로 머리를 빠글빠글 볶은 여인이 남자에게 다가왔다.

"젊고 예쁜 아가씨 있어요."

외면하고 걸어가는 남자 옆을 여인이 바투 따라붙었다.

"정말 삼삼하고 예뻐요! 거짓말 아니라니까."

"됐어요!"

"아이구 웃겨! 돈도 없는 놈들이 꼭 빼기더라니."

언성을 약간 높인 남자의 뒤통수를 대고 여인은 입을 삐쭉거렸다. 역 앞 거리 오른 편에는 모텔들과 술집들의 불빛이 살아있다. 큰길가에는 포장마차들이 드문드문 서있다. 어떤 포장마차 안의 꼬치국물에서 모락모락 김이 올랐다. 한밤중이 되어도 바깥 날씨의 기온은 떨어질 줄 몰랐다.

어둠은 도시를 뒤덮고 자정이 지난 시간.

남자는 골목길과 시내버스가 끊긴 거리를 한 바퀴 돌아 다시 역으로 갔다. 긴 에스컬레이터가 움직였다. 터널처럼 길고 둥글게 휘어진 천장이 조명으로 나타났다. 덥고 무거운 공기가 땀에 젖은 얼굴이며 팔을 핥았다. 복합건물이라서 롯데백화점과 역 대합실의 경계는 애매모호했다. 분홍테두리선 안에 흰 바탕의 인조타일이 깔린 바닥이 반들거렸다. 롯데리아, 도넛가게, KFC, 김밥가게 맞은편으로 가로 창살마냥 생긴 자동셔터가 내려져 있을 뿐이다. 역 안의 매표창구는 닫아져 여전히 숨을 죽인 상태였다.

추레한 옷을 입은 채 모로 자빠져있는 늙은이, 아기를 업고 엎디어 자는 여인, 신문지를 깔고 앉아 소주를 마시며 알아듣지 못할 말을 시부렁거리는 여인과 사내들, 두 팔로 대머리를 붙잡으며 졸고 있는 사내. 어림잡아 오륙십여 명은 됨직한 노숙자들이 진을 치고 있다. 그들이 풍기는 살 냄새와 후텁지근한 실내공기가 떠돌았다.

"야! 이 씨팔 놈 새끼야! 술 한 잔 얻어먹었음 너도 갚아야지. 그냥 받아 처먹기만 할 거냐고!"

술을 마시던 축들로부터 쇳소리처럼 날아왔다. 짧은 머리를 뒤로 묶은 여인 옆에 앉아있던 작달막한 늙은이가 엉기적거리며 비실비실 나왔다. 여인이 붉은 옴팡눈을 치뜨며 들고 있던 종이컵을 그 늙은이한테 획 던졌다. 종이컵이 바닥에 떨어지면서 액체가 쏟아져 사방으로 튀었다. 사람들은 멍하니 내려다볼 뿐이다.

"에이 씨발, 더러워서."

늙은이는 시뻘건 얼굴빛으로 중얼거렸다. 아옹거리던 늙은이가 빠진 자리를 금세 또 다른 사내가 불쑥 끼어들었다. 여인은 금방 실실거리며 사내에게 종이컵을 내밀었다.

어깻죽지로 흘러내린 가방을 을러멘 남자는 지그시 숨구멍을 눌러 콧속을 움켜잡았다. 저들과 자신이 뭐가 다른가. 하나도 다를 바 없다. 누구라도, 한쪽 무게의 추가 조금만 기울면 평등은 없다. 같은 사람임에도 배타적인 냄새와 이질적인 느낌의 경계는 금세 무너질 수 있다. 자신이 저들과 동질화되는 것은 시간문제다. 물로 채워진 몸뚱이가 썩으면 지방질과 수분은 미생물의 먹을거리가 될진대, 저 시신과 다를 바 없는 사람들과 자기 자신은 거대한 도시에 기생하고 있다. 남자는 다시 바깥으로 나왔다.

*

남자는 오후에 승객들이 바글거리는 1호선 전철에서 내려 버스를 두 번이나 갈아탔다. 큰형이 입원했다는 시립병원은 칠이 벗겨진 외벽만큼 낡고 작았다. 건물 안에는 환자 몇몇이 한가롭게 앉아있었다.

"막내도련님 아니세요?"

속삭이듯 힘없는 여인의 목소리가 귀를 잡아당겼다. 뒤돌아보니, 축 처진 검정비닐주머니를 든 늙은 여인이었다. 형수의 비쩍 마른 얼굴은 체념으로 덧칠된 듯했다. 오랜 병수발이 사람을 지치고 무기력하게 만든 것이다. 입원실계단을 올라가는 형수는 혼잣말처럼 뇌까렸다.

"내가 옆에 있어봐야 뭘 하겠어요. 이제 얼마 보지도 못할
것 같아서……."

딱히 남자에게 했다기보다는 변명과 푸념이 뒤섞어진 말 같
았다. 몇 번인가 와본 병실은 4층이었다. 살 냄새와 섞인 둔중
한 공기가 훅 끼쳤다. 8인실의 안쪽에 누워있는 형은 누렇게
마른 장작개비나 진배없었다.

"여보? 여보! 막내도련님 왔어요. 일어나라니깐."

남자가 손사래를 치기도 전에 형수는 형을 일으켜 앉혔다.
아버지 노릇을 했던 형이었다. 형의 퀭한 눈빛은 무표정한 얼
굴과 사뭇 다르게 살아있다. 입을 다문 형 대신 곰살가운 형수
가 인사말을 거들었다.

"안 와도 된다니까, 어떻게 왔어요. 도련님도 힘들 터인데."

"어디 다녀올 일이 있어서요."

"우리 걱정은 마세요. 우리야 더 바닥에 떨어질 일두 없
고…… 어휴, 살려고 아등바등 상처 나고 죽어 넘어지는 일이
한 두 번인가. 모진 목숨 붙어있는 한 전쟁이쥬.

"그래도 형수님이 건강하셔야지요."

"승아 엄마는 소식 없지요?"

오그라든 형수가 병상 옆 머리탁자 서랍을 열며 슬쩍 물었

다.

"그렇지요. 뭐…….."

"뱀띠하고 개띠는 원진살이 끼어서 상극이라는데, 어디 쉽겠어요. 그래도 승아가 있으니까, 동서도 어떻게 생각을 고쳐야지 원!"

원! 부부도 오래 살면 말투까지 닮아가는 모양이다. 형은 가끔 몸을 후들후들 떨었다. 한여름에도 춥다며 사시나무 떨듯 몸을 오므렸다. 형이 남자를 힐끗 쳐다보더니, 오른 손으로 목덜미를 박박 긁었다. 들고 있던 검정비닐주머니에서 노랑참외를 꺼내던 형수가 물었다.

"왜요? 또 가려워요?"

형은 대답대신에 고개를 끄덕였다. 버그러져가는 육신의 세포가 아직 저항할 힘이 남은 모양이다. 살긴 틀렸다고 의사도 가족도 그랬는데? 남자의 행여나 했던 마음이 순간적이나마 체념으로 뒤덮여버렸다. 형이 꿈틀대는 것을 기뻐해야 할 것 아닌가? 남자는 부끄러움이 가슴속으로 밀려들었다. 왜, 자기 자신에게는 자비심이 머물지 못할까. 동물의 몸은 자연이고 자연의 법칙은 냉정하다. 돌이켜보면 생명줄이 구차하고 더러웠다.

*

　밤은 깊어 역 주변 건물들의 실루엣조차 삼켜버렸다. 어둠 속에서도 네온사인의 불빛들은 존재를 드러냈다. 24시 편의점, 해장국, 호프집, 대중사우나…… 문득, 열차 시간까지 쉴 수 있으리라는 생각이 퍼뜩 스쳤다. 남자는 뒷주머니에 손을 넣고 지갑을 만지작거렸다. 그리고 고개를 끄덕이며 역 부근에 있는 건물 지하의 대중목욕탕으로 들어갔다.

　푸른 지폐 한 장을 꺼냈다. 남자는 피식 웃음이 나왔다. 언젠가 등산로에서 푸른 지폐 한 장을 주웠던 일이 새삼스럽게 떠올랐다. 누군가가 등산로를 따라 걸으며 호주머니에서 빠뜨린 게 분명했다. 어쩌면, 지갑이 귀찮으니까 비상금으로 달랑 구겨 넣고 나왔다가 잃어버린 것인지도 몰랐다. 돈이란 돌고 돈다지만, 남자는 머리털 나고 돈을 주웠던 것은 처음이었다. 그때 남자는 돈을 들고 한참을 망설였다. 그리고 주위를 두리번거렸다. 아무도 보이지 않았다. 어떻게 해야 하나. 짧은 순간에도 머릿속에서는 천사와 악마가 한판을 붙은 느낌이었다. 괜히 알량한 객기부리지 말고 부담 없이 집어넣어둬! 나도 돈을 잃어버린 적이 있었잖아. 어차피 돈이란 돌고 도는 것이야. 나중에 길거리에 만난 거지에게 적선하면 그만이지, 그까짓 것. 남자는 머뭇거리며 주변을 둘러보고 주머니에 돈을 찔러 넣었다. 그러나 도둑질한 기분으로 가슴이 퉁퉁거렸다. 그게 아주 오래 전의 일이었다.

졸린 듯 카운터에 앉아있던 주인이 열쇠를 내밀었다. 남자는 옷장 문을 열었다. 등을 구부려 붉은 줄이 박박 그어진 셔츠와 검정바지를 벗었다. 씻은 뒤 한숨을 자고나면 열차 출발시간을 맞추게 될 터였다. 남자는 아무도 보이지 않은 목욕탕에서 샤워기에 땀과 먼지로 끈끈해진 몸을 씻었다. 그리고 어둑한 휴게실로 주춤주춤 들어갔다. 비릿한 살 냄새가 미지근한 공기에 섞여 왈칵 달려들었다. 휴게실에는 나무침대들이 겹겹으로 빼곡했다. 칸칸마다 알몸뚱이들이 누워있다. 그것은 벌집 속에 박힌 애벌레와 흡사했다. 남자는 복층 침대로 기어 올라갔다. 발을 뻗어 누웠다. 더러는 시체와 다를 바 없이 보이는 몸뚱이들 중 몇은 코를 골거나 뒤척였다. 도저히 잠을 이룰 수가 없다.

남자는 다시 노숙자들이 우글거리는 역 안으로 들어갔다. 그리고 끄트머리에 있는 계단을 통해서 바깥으로 나갔다. 신길동으로 통하는 길목이다. 그래도 바깥공기는 실내보다 개운했다. 남자는 천천히 걸어가며 주변을 훑어보았다. 24시 편의점에는 하얀 플라스틱 의자들이 놓여있다. 안에서 무스로 머리털을 한껏 치켜세운 젊은이가 졸린 눈으로 남자를 쳐다보았다. 남자는 구석진 곳의 진열장에서 물 한 병을 골랐다. 남자는 밖으로 나와 무거운 가방을 내려놓고 의자에 풀썩 주저앉았다. 그리고 마개를 비틀어 물을 꿀꿀 마셨다. 그런데 물이 목젖을 누르는 순간, 발목이 따끔거렸다. 모기에 쏘인 것이다. 여름이므로 모기떼도 피를 빨아야했다. 남자는 손가락에 침을 뱉어 복숭아 뼈 위에 발랐다.

흐리멍덩한 남자의 눈에 비친 지나가는 택시와 행인들. 졸린 표정으로 얼굴을 쳐든 아낙네들과 사내 서넛이 남자가 내려온 계단을 따라 우르르 쏟아졌다. 열차가 도착한 것은 아닌 성싶었다. 그들이 의자에 앉은 남자를 흘깃흘깃 바라보며 지나갔다. 멍한 눈으로 허공을 쫓던 남자는 뜬금없는 생각에 물렸다. 머릿속의 이미지들은 따로따로 바룻바룻 떠돌았다. 그래, 웬 노숙자가 바깥으로 나돌고 있냐고 여길까. 청승맞게 열차를 기다리는 여행객으로 보았겠지. 이곳은 열차가 멈추고 뱉은 승객들이 어디론지 사라지는 역 언저리니까. 모든 사람들이 열차를 기다리거나 떠나가고 지나가는 곳이니까. 언제라도 떠나고 다시 만날 기약조차 있는 것은 아니니까. 이방인들끼리는 서로 모든 고독을 창으로 찌르고 방패로 치받아야 하니까.

모기가 또 다시 공격을 감행했다. 이번에 물어뜯는 부위는 팔뚝이다. 따갑고 가려움이 견딜 수 없도록 찌르르 쑤셨다. 카운터에 앉아있던 젊은이가 빗자루를 들고 바깥으로 나왔다.

"좀 비켜주실래요?"라고 명령조의 말이 끝나기도 전에, 젊은이는 남자 쪽으로 빗자루 질을 해댔다. 풀썩 먼지가 일었다. 남자는 아주 난감했으나 일어설 도리밖에 없었다. 남자는 하는 수 없이 다시 역 안으로 들어가야 했다. 올라가는 계단의 층계가 가팔랐고 땀이 돋았다. 어깨에 걸린 가방까지 짓눌러와 찌르르 무릎통증으로 전달되었다.

역 안의 시계는 05시를 가리키고 있다.

*

남자는 대기업의 경리부서에서 일했었다. 전기제품을 만드는 공장 때문에 그 지방대학 졸업자들이 뽑힐 때였다. 그것도 운이라면 운이었다. 그런 와중에 회사 안에서 사원들의 물갈이가 있었고, 윗사람에게 잘 보였던지 본사로 발령을 받았다. 남자는 일류대학 출신들이 나대는 회사에서 아등바등 나날을 보냈다. 나라의 인구 절반이 비좁은 울타리에 갇혀 득시글거리는 서울이었다. 지방에 사는 대부분의 젊은이들이 갈망하는 곳이었다. 모든 것은 서울로 통했으므로.

회사동료 소개로 만난 여자와 결혼을 했었다. 변두리에 방 두 칸짜리 셋집도 구했다. 아내였던 여자는 유아원 보모 일을 했던 터였다. 여자와 사이에서 딸이 태어났다. 그럭저럭 여느 가정과 비슷했다. 또다시 경제 불황의 시커먼 그림자가 온 나라에 드리워졌다. 경제대국들의 돈 장난과 거품이 빠지는 시기였다. 회사는 몸집을 줄이겠다며 퇴직금에다 몇 푼을 더 얹혀주고 남자를 내보냈다. 그것은 선택의 문제가 아니었다. 하루 아침에 실업자가 되어 출근시간을 박탈당했다. 그 기회에 창업을 하는 사람들도 더러 있었다.

*

서터 문이 올라간 역 안에는 승객 몇몇이 앉아 있다. 매표창구 안에도 여성 직원들의 얼굴이 보였다. 열차안내전광판에 시간표가 떴다. 남자는 갑자기 요의를 느꼈다. 화장실이 표시된 구석진 곳으로 걸어갔다. 어느새 그 많던 노숙자들은 모두 백화점 쪽 벽으로 몰려 앉거나 누워있다. 그들 중 일부는 어디로 갔는지 아까보다 훨씬 줄어든 수효였다. 아이를 안고 잤던 여인도 보이지 않았다. 역 직원들이 시간에 맞춰 통제해버린 모양이다.

화장실에 들어간 남자는 가방에서 칫솔과 치약을 꺼냈다. 튜브가 찌부러진 치약의 마개를 돌리다가 자기 자신도 모르게 웃음이 픽 나왔다. 이를 닦으려고 치약을 드는 순간, 여자에 대한 기억이 튀어나왔던 것. 그때도 치약의 튜브 한 중동무니는 눌려있었다.

"치약을 썼으면 원상태대로 아래쪽을 눌러놨어야지."

"아침부터 왜 그래!"

"보기 싫게 해놓으니까 그렇죠!"

"가운데 누르나 끝을 누르나 그게 그거지, 치약이 어디로 새어나가나?"

말대꾸와 이질적인 성격이 충돌했을 적에 남자는 남자임을 내세웠다. 말다툼에는 치약을 짜는 사소한 일 따위가 음식의 양념처럼 끼어들었다. 생각하기 나름이다. 원래 치약의 용도라는 것은 이를 닦는 재료에 불과했다. 끝을 눌러 짜든 중간을 눌러 짜든, 내용물이 더 닳거나 부풀려질 까닭은 없다. 생각하기에 따라 다를 뿐, 사소하다면 사소하고 별 일이 아니면 아닐 터였다. 치약을 먹거나 버릴 일은 추호도 없기 때문이다. 이를 닦으려고 꾹 눌러 짜서 입안에 들어가면 물과 함께 뱉어지는 연마제일 뿐이다. 그럼에도 불구하고 쓰고 난 치약이 놓인 그 형태에 따라 서로의 생각은 간극을 벌렸다. 치약의 튜브 모양새가 어떻던 이해하려 들었으면 얼마든지 넘어갈 수 있는 문제였다. 전혀 다른 환경에서 서로 자라났다고, 사물에 접하는 성격이 다를 수가 있을까. 하기야 밥을 떠먹으려고 숟가락을 드는 순간부터 잠버릇까지 똑같을 수는 없는 노릇. 아무렇지 않은 일들이 켜켜이 쌓여 원망의 도화선이 되었을까. 부부의 내

면적 어딘가 불신의 본질이 숨어 있었을 것이다. 서로의 기대치가 팽팽하게 활시위처럼 당겨졌던 까닭인가. 이해를 바라는 욕구가 배려를 해주는 아량을 훨씬 능가했으리라. 어디서부터 꼬였던 것일까.

오래 전 생각이 남자의 뇌리를 훑고 지났다. 남자는 거의 날마다 회사의 영업 일로 밤늦게야 집에 들어왔다. 술에 취한 때가 많았다. 여자는 맨날 돈타령이었다. 가끔 보너스에서 돈을 떼어내 형의 병원비를 보태준 일에 트집을 잡혔다. 그 무렵 여자는 늦게 들어올 때도 있었다. 여자가 밖으로 쏘다니는 것도 몰랐다. 말다툼이 손찌검까지 갔던 터. 아내였던 여자가 잠자리를 거부했던 것도 그 무렵이었으니까.

*

코 맹맹한 여성의 목소리가 스피커에 실려 울렸다. 광주행 무궁화 06시 03분. 남자는 주머니에서 손을 넣어 잡히는 표를 만지작거렸다. 그리고 천천히 개찰구를 향하여 발걸음을 옮겼다. 플랫폼에는 승객들이 듬성듬성 서있다. 검붉은 바닥에는 검은 점들이 박혀있다. 사람들이 씹다가 뱉어 굳어버린 껌의 시체들이다. 새로 생긴 타임스퀘어빌딩과 맞닿은 서쪽하늘자락에 낮게 드리워진 먹구름이 몰려들었다. 장맛비는 금방이라도 후드득 떨어질 것 같았다.

남자가 친구를 만난 것은, 회사를 그만 둔 무렵이었다. 중학교를 함께 나온 친구는 고향에서 고교를 중퇴하고 서울로 올라왔다. 나이트클럽 같은 술집을 돌아다니다가 룸살롱을 했다. 남자는 회사에 근무할 적에 접대 손님들과 친구의 술집을 몇 번인가 간 적이 있었다.

역 앞 카페에서 만난 친구는 땅땅한 몸짓을 해대며 시부렁거렸다.

"야, 저기 좀 보라. 저쪽이 왕년에 내 나와바리였어. 촌놈이 뭘 믿고 이놈의 역에 내렸는지 몰라. 먼 친척 되는 사람이 카바레를 하고 있었거든. 역전 건너 꽃마차카바레라고. 나비넥타이를 매고 맥주병을 날랐을 때만 해도 정신이 없어서 세월이 어떻게 가는지도 모르겠더라."

"그래도 넌 돈 좀 모았다며?"

"그렇게 소문이 났데? 그냥 먹고 살 만큼 정도지."

"그럼 되었지, 뭣 때문에 또 판을 벌리려고 그래?"

"이제 애새끼들 커가니까, 남들 보는 눈이 거슬려! 그러기도 하고 불경기라 술집은 넘겨버렸어. 잘 했지 뭐. 야! 너, 친구니까 말인데, 정말 남 믿지 마라. 나도 혼났다."

퇴직금에서 꼬불쳐 둔 돈과 여기저기에서 긁어모은 돈은 5

천만 원 남짓이었다. 친구와 함께 물 좋다는 수도권 남부지역의 오락실을 사그리 훑었다. 오락실 손님들은 천태만상이었다. 단 하나, 돈을 낚는 찌를 집요하게 바라보는 눈은 똑같았다. 물이 좋다며 빨리 계약하라는 부평 쪽으로 갔을 때였다. 청바지를 입은 젊은 여자가 담배를 꼬나물고 기기의 화면에 눈을 주고 있었다. 다리를 꼰 여자는 부스스한 붉은 염색머리를 손으로 박박 긁었다. 뭔가 기계는 뜻대로 되지 않은가 보았다. 마흔 줄의 빼빼한 사내는 웃자란 턱수염을 잡아 뜯으며 화면에서 퀭한 눈을 떼고 뒤를 돌아다보았다. 꾀죄죄한 옷차림이 대부분이었다. 더러 말쑥하게 차려입고 오락기기를 들여다보는 사람도 있었다. 서너 개의 오락기기를 찍어놓고 바쁘게 오가며 확인하는 사람들도 있었다. 오락게임에 빠진 사람들은 생각보다 훨씬 많았다. 탐욕으로 허우적거리거나 허우적거린 사람의 등골을 빼먹는 장터였다.

오락실을 소개해주는 친구는 바깥으로 나와 어깨를 으쓱하며 말했다.

"얌마! 너, 겁먹지 말라고. 보기에는 이래 봬도 걱정할 것 하나도 없어! 경찰에 걸려도 얼마든지 빠져나갈 수 있고, 몇 개월만 투자해두면 본전은 말할 것도 없고 따따블이야. 한방이면 끝나!"

기계 1대×180만 원×50대=9천만 원. 아니, 1대×180만 원×40대=7천200만 원. 아니, 1대×140만 원×30대=4천200만 원. 머릿속으로 해보고 또 해봐도 딱 떨어지는 금액이 아니었다. 이렇게 맞추면 저쪽이 안 맞고 저렇게 맞춰보면 이쪽이 틀리는 것이다.

"자꾸 그럴 라면 그만두자! 누군 너처럼 짱구 돌릴지 몰라서 이런 줄 알아. 짜식 참 답답하네. 그러니깐, 네가 지금까지 세상을 헤매는 거야. 알기나 해?"

"돈에다 맞추려니까 그렇지……."

남자가 성긋한 눈썹을 당기며 힘없이 볼멘소리를 해댔다.

"기계를 새것으로 뽑아야 저 인간들이 자꾸자꾸 몰려오지. 요즘 연놈들이 얼마나 되바라진 세대냐. 그리고 너는 기계의 숫자를 자꾸 줄이려고 하는데, 그렇게 몇 대만 달랑 설치해놓으면 하꼬방 수준이 되고 말아. 그렇게 되면 더 큰 데로 손님 다 뺏기고 날 샐래, 너!"

뾰족한 턱을 치켜 올리며 친구는 자신만만하게 남자를 윽박질렀다.

도박처럼 짧은 시간 안에 승패가 갈리는 일이 있던가. 동전의 양면처럼 한쪽을 택하면서 살아야하는 게 사람이라는 족속 아닌가. 노름판에서 따고 잃는 사람은 고객이다. 주인이 망할 염려가 거의 없다면, 죽은 부모 칠성판이라도 팔아서 해볼 일이다. 어차피 생존경쟁의 살얼음판에서 양심 따위는 남의 일이니까.

하루에 700만 원이 들어오면, 한 달이면 2억 정도. 이것저것 빼고 인수자금만 집어넣거나 창업만 해도 한 달이면 거저다. 결론적으로 노름판 깔아 놓고서 한 달이면 본전을 뽑고, 두 달이면 공돈처럼 수입이 쏠쏠하다는 것. 그래그래. 이걸 해? 말아? 생각이란 이상했다. 한 가닥으로 잡혀가는 방향이 자꾸 반신반의하더니만 차츰 신뢰의 선 안쪽으로 기울기 시작했다. 세상에 한방이면 끝나는 일. 두 방, 세 방도 아니고 복잡할 것도 없이 딱 한 방. 어디선가 꿀맛같이 달콤한 유혹의 말씀이 머릿속을 회오리쳤다.

친구는 내친 김에 인천 쪽 관광호텔로 까만 승용차를 몰았다. 자그마치 무궁화 3개나 박혀있었다. 건물은 어딘지 모르게 낡고 허술했다. 썰렁한 느낌은 카운터 입구로부터 커피숍에 이르는 벽에서도 묻어났다. 커다랗게 오래된 산수화 그림이며 싸구려 대형 중국도자기의 부조화는 물론, 붉은 카펫은 때가 덕지덕지 묻어있었다. 썰렁한 홀 안에 손님 몇 사람이 보일 뿐이었다.

"이것도 그리 나쁘진 않아. 보증금 이억에 월 이백인데, 권

리금이 없으니까, 공동인수해서 한 삼년만 잘 현상유지하고 운영만 해도 생활비는 넉넉하게 벌수 있겠어."

"네가 말한 대로 혹시 이런 건 쇠파리 떼가 바글바글 끓지 않을까?"

"짭새들과 깡들은 그렇게 걱정할 거 없어야! 이쪽은 설치는 애들도 별로고, 몇 푼씩 집어주면 되레 꾸벅꾸벅 인사도 잘 한다는구면."

호텔을 둘러본 뒤 빠져나온 두 사람은 몇 곳의 오락실을 더 거쳤다. 슬며시 햇빛이 거두어지기 무섭게 거리의 불빛들이 하나, 둘 돋아나기 시작했다. 그들은 남양가든 주차장으로 들어갔다. 드넓은 식당에는 사람들이 가득 차 있었다. 소갈비 타는 냄새가 코를 찔렀다. 사방을 휘휘 둘러보던 친구가 물수건으로 손을 쓱쓱 문지르며 내질렀다.

"이게 불경기냐? 돈 없는 년 놈들이나 괜히 하는 개소리지."

까맣게 염색한 머리털에 무스를 발라 빳빳하게 세운 친구가 고기를 씹었다. 친구는 고기를 뒤적이며 소주잔을 몇 모금 씩 나눠빨더니 또 지껄였다.

"빨리 한잔 들어. 세상만사 어디 쉬운 게 있더냐? 나도 그놈의 술장사 때려치우고 이 지랄까지 와 버렸지만, 나이는 들어가고 올망졸망 딸린 새끼들을 보면 한숨만 저절로 나온다. 이

놈의 세상살이 지겹다. 얌마! 우리 낫살에 누군들 뭐 살고 싶어 사냐?"

아내였던 여자의 부추김도 있었다. 어차피 세상은 한판 승부 같아요. 그랬다. 그랬던 것이, 당신은 세상을 우습게 보는 게 탈이에요. 그런 것일까. 유혹과 배신은 언제나 같은 길이었다. 두 달 만에 돈을 다 날렸다. 경찰이 게임오락실을 들이 닥쳤을 때, 친구는 벌써 필리핀에 가있었다. 확신조차 없는 꿈을 꾸었던 것이다. 왠지 자신만 억울했다. 남자는 만취한 몸을 흔들거리며 집으로 걸었다.

"그게 당신의 한계예요!"

여자는 여느 때처럼 이죽거리시도 악다구니를 퍼붓지도 않았다. 어차피 아파트는 진즉 여자의 명의로 되었고, 딸아이가 함께 있었기 때문이다. 남자는 불알 두 쪽뿐이다.

불빛을 찾아 불나방 떼처럼 모여 드는 곳이다. 한번 발을 붙이면 자식으로부터 자식까지 대를 이어 뿌리를 내렸다. 자식은 또 그 자식들에게 집과 잉여재산을 물려주고 욕망의 유전자까지 내리 물려주었다. 그래서 수직으로 수평으로 확대 재생산 되며 거대한 블랙홀이 되어버리고 말았다. 만만치 않은 블랙홀을 떠나서는 살 수없는 사람들. 욕망을 거머쥘 수 있는 기회의 땅에서 기생하는 것은 본능이다. 만났던 타인들은 이해와 필요에 의해 관계가 유지되거나 버려졌다. 서로가 서로를 착취하고 물고 뜯는 암시장이다. 탐욕의 풍선이 빵빵하게 부풀어져 터질 때까지 어느 누구도 자유로울 수 없는 곳. 서로가 경계하고 소통하다가 배신을 한 것까지. 발버둥 쳐봐야 한번 추락하면 다시 그 자리로 올라서기 어려운 곳.

아파트 경비원노릇 몇 개월, 정수기 영업사원 몇 개월, 다단계 판매사원 몇 개월. 잘못 끼워져 들어갈 구멍 없는 마지막 단추처럼 막막해졌다. 남자는 인터넷카페에서 접속한 일자리를 찾아 남쪽으로 가는 중이다.

*

비가 내리고 있다. 죽 뻗은 철로가 빗물에 젖어 반사되었다. 콘크리트 침목들 사이에 낀 깬 돌멩이들도 물을 빨아 번들거렸다. 기름때로 얼룩진 대가리를 내민 무궁화열차가 둔중한 울음소리를 내며 플랫폼으로 들어왔다.

남자는 가방을 들고 열차 안으로 들어갔다. 옆자리는 비어 있다. 시렁에 가방을 올려놓고 풀썩 자리에 주저앉았다. 승객들의 무게를 더한 육중한 열차는 고통의 신음을 지르며 속도를 냈다. 사람이 전력을 다한들 이 열차의 속도를 따를 수는 없다. 몸의 에너지와 근육질의 한계는 빤한 것이다. 그런데 가끔 착각했던 것은 무엇이었던가. 열차, 항공기, 우주선 따위 기기들의 몸에 몸을 실었다고 해서 스스로 날개를 지닌 것은 아니다. 그 불안한 장치를 안전하다고 믿어보는 수밖에.

듬성듬성 앉아있는 승객들은 고개를 옆으로 젖혀 졸거나 멍하게 차창을 바라보았다. 차창을 때리는 빗방울들이 주르륵 흘러내렸다. 장맛비를 뚫고 도시와 산야를 지나는 새벽열차가 달리고 있다. 어둑한 하늘아래 잠을 깨는 산야는 실루엣을 벗는 중이다. 열차는 산을 휘돌아나갔다. 산맥을 거역하지 않고 굽이굽이 휘어진 강줄기를 따라가던 열차가 다리를 건넜다.

노작지근한 남자의 몸이 흔들리며 눈을 떴다 감았다. 가끔씩 빗방울이 차창에 부딪치는 소리가 들렸다. 불현듯 형의 집에 팽개쳐 둔 자신의 짐이 생각났다. 붉은 벽돌로 지어진 수십 년 된 낡은 연립주택 지층. 모기망창에 덕지덕지 먼지가 낀 창문은 햇빛이 그냥 지나쳤다. 장마철에는 집안이 온통 곰팡이로 뒤덮여 매캐한 냄새가 떠도는 곳. 구석진 방에 맡겨진 옷가지와 신발 따위, 버리지 못한 수 십 권의 책과 잡동사니들. 카드 할부로 샀었고, 돈을 아껴서 사 모았던 물건들이 이제는 쓰레기만도 못하게 버려졌다. 유목민처럼 떠도는 일이 습속 되어버린 사람들은 얼마나 가벼울까.

남자는 자꾸만 졸리는 머리를 도리질했다. 그러나 너무나 피곤한 탓인지 잠에게 끌려갔다. 어두운 뭔가가 얼쩡거리는 듯했다. 얼굴 윤곽이 희미한 한 사내가 보였다. 또 하나의 자기 자신 같기도 했다. 웬 낯선 여자가 사내에게 다가갔다. 알듯 말듯 웃음 띤 갸름한 얼굴이다. 까맣고 치렁치렁한 머리를 손으로 넘기던 여자는 헤어진 아내를 닮은 것 같았다. 자세히 보니 아니다. 흰 블라우스와 청바지를 입은 여자가 두툼하고 긴 입술을 달싹거리며 말했다.

─꿈을 다 이루겠다구요? 말도 안돼요. 그건 사막의 신기루와 다름없어요. 하긴 갈증을 넘어 목이 타는 막막한 모래땅에서 신기루라도 없다면 갈 길은 더욱 암담하겠지만 말에요.

─뭐든지 하기에 달렸어! 라고 남자가 대답했다.

─당신이 왜 꿈을 이룰 수 없는 줄 아세요? 꿈은 욕망을 갉아먹고 사는 도깨비거든요.

─난 적어도 꿈이 있다고! 벌써 몇 번쯤 이룬 적도 있어! 라고 억지 소리마냥 남자가 반박했다.

─꿈을 이루었다구요? 그럼 그게 끝이어야지요? 호호호~그런데, 왜 자꾸 무리하게 일을 저지른답니까. 그래요, 꿈이란 또 다른 꿈을 불러오게 마련이죠. 당신의 그칠 줄 모르는 욕망이 불쏘시개를 자꾸 원하죠. 불쏘시개에 불씨가 붙고 불꽃이 일어 또 다른 욕망으로 옮겨 불길이 활활 타오를지라도 끝이 없겠죠. 죽을 때까지 꿈도 욕망도 확장일변도로 나가서 탐욕이 되

겠죠. 당신의 육신은 멈추게 되어 있는데 꿈의 불꽃은 계속 활활 피어나 불바다를 만들 거구요.

　ㅡ이것 봐요? 꿈이 절망이라면 어떤 놈이 꾸겠어! 희망 같은 거라서……. 라고 남자가 발끈하며 힘없이 받았다.

　ㅡ그럴지도 모르죠. 끝없이 만족할 수없는 인간의 자만이 꿈과 연결되었으니까요.

　ㅡ나를 갖고 노는 당신은 도대체 누구요! 라며 남자가 큰소리로 눈을 부릅떴다.

　ㅡ이히히히~.

　날 잡아 보라는 듯 여자가 도망가려 했다. 남자는 팔을 길게 뻗어 여자의 머리채를 움켜쥐었다. 순간, 긴 머리는 가발처럼 벗겨지더니 여자는 갑자기 박박 깎은 민둥 머리로 변했다. 그뿐만이 아니다. 갸름했던 얼굴도 펑퍼짐하게 네모난 얼굴이고 입술 언저리에는 피가 아무렇게나 묻었다. 도대체 여자의 정체를 알 수 없다. 여자가 어이없어하는 남자의 시야에서 까무룩 사라졌다.

　남자가 중얼거리며 팔을 내저어 더듬거렸다. 게슴츠레하게 눈을 떴다. 열차는 레일을 밟으며 마냥가고 있다. 꿈이었던가. 왠지 뒷맛이 억울했다. 하지만 현실이 팍팍할수록 꿈은 위로였다. 이제는 그 꿈조차 나약해진 남자를 조롱하고 있다. 중독성을 지닌 신기루조차 떠난 것 같았다. 어디든 머무를 수 없다면 가야했다. 도대체 자신이 가는 길은 어떤 길인가. 원래 길은 없었다. 만들어진 그 길을 따라갔을 뿐이다. 도달할 수 있는 길과 꿈꾸었던 종착점은 일치하지 않았다. ★

잠실蠶室

지옥철역의 계단을 거슬러 올라간다. 햇빛이 눈을 찌른다. 하얀 빛살은 회오리쳐 온통 눈을 헤집으며 안으로 들어온다. 눈부신 물살이 걷잡을 수 없도록 밀려들어온다. 세상이 아려온다. 햇볕이 작살처럼 내리찍는다. 달궈진 테헤란로를 달리는 차량들마저 빌딩들과 아파트 숲에서 되쏘는 열기로 숨을 죽인다. 그 틈바구니를 헤집고 가는 살갗은 소름처럼 땀방울이 돋는데, 빌딩들의 날선 모서리는 날마다 낯설고 섬뜩하다. 시내버스를 타고 내려 걷는다. 내딛는 발걸음은 관성으로 움직인다. 누가? 내가!

긴 골목길로 들어선다. 짧아진 그림자는 내게서 떨어질 기미가 없다. 햇빛이 물러가도 껌처럼 붙어있을 게 빤하다. 어둠을 쑤시는 가로등 불빛이 기다릴 테니까. 뜨거운 기운이 머리부터 발끝까지 파고들어 절정에 다다른 암컷의 입김처럼 나를 핥는다. 목에서 등허리를 휘감아 도는 끈끈하고 불쾌한 마수를 견디기 어렵다. 목이 탄다. 시원한 물을 마시고 싶다.

　―커피도 조금만 마시면 몸에 좋대요.

　둥근 얼굴을 쳐들며 또릿한 눈빛으로 아내가 말했었다. 별로 좋아하지 않은 시커먼 물을 마시기 시작한 것도 얼마 전부터다. 햇덩이가 머금고 있던 뜨거움을 독버섯처럼 퍼져가던 도시에 퍼붓는다. 뜨거운 햇볕 가득한 아스팔트사막에서 왜 뜨거운 커피가 생각나는 것일까. 아내는 지금 초고층 아파트 안에서 남의 아이를 안고 서성거리고 있을 지도 모른다.

　―창신동에서 왕십리로 중곡동에서 여기까지 밀려왔네요.

　아내는 이삿짐 종이상자 속의 신문지에 둘둘 말아진 그릇들을 풀면서 말했다. 내가 툴툴거리며 맞받았다.

　―그게 밀린 건가? 버리고 온 거지. 이제 중심지는 이쪽으로 변했어!

　어제 같은 몇 년 전에만 해도 그랬다. 이제, 나는 갈수록 여려지고 아내의 눈빛은 결기 가득하다. 아내는 나에 대한 증오심의 불꽃을 어디에다 애써 감췄을까.

　도심으로부터 삐져나와 사방으로 퍼져나간 세포들. 다세대,

다가구 주택들이 굴 껍데기마냥 닥지닥지 붙어있는 동네. 큰 길 모서리의 빵집과 약국, 작은 상점, 부동산업소, 휴대폰가게, 미용원, 분식집, 화장품가게 건너 교회. 그만그만한 층 높이의 집들은 닮은꼴로 빼곡하게 들어차 있다. 사람들이 모여 도시를 이루며 바글바글 모여들수록 도시는 확장된다. 사람이 사람을 불러오고 동네들이 늘어나면 건물들은 장맛비 맞은 수풀처럼 자꾸 하늘 높이 자라난다. 뽕나무밭이 고층 숲으로 변한 것은 우연이 아니다. 하나 둘 늘어난 빌딩들은 새로운 도시가 되었다. 돈이 돈을 먹어 더 높고 큰 빌딩을 짓는다. 방해물이 된 군용기활주로의 방향을 비틀어서라도 철골조는 위세 당당하게 하늘로 치솟는다. 네고블록의 조각들은 차곡차곡 쌓여서 성채의 망루를 123층으로 만드는 중이다. 욕망은 와르르 쏟아져 모래시간 속으로 파묻혀버릴 것임에도, 바벨탑을 불러들이고 블록들을 결집시킨다.

*

오래된 건물의 지하 토굴이 아니라도 지옥은 어디에나 있다. 나는 약을 삼키고 지옥으로 들어가 염라대왕이 무서워 이부자리 속에 숨는다. 세상이 무서워서 졸리지 않아도 시름시름 잠잔다. 어쩌면 꿈을 꾸기 위하여, 악몽을 내쫓기 위하여 또 다른 이승을 살기 위하여 잠을 자는지도 모른다. 사물은 그대로

인데, 아我와 타他가 뒤죽박죽되어 또 다른 세계의 터널이 장치된 곳 같은. 혼이 순간을 통과하는 시간에도 터널이 붕괴되어 매몰되면 지옥이다. 암흑을 빠져나오려고 발버둥치는 찰나에서 다음으로 넘어온다. 저승에서 꾸는 꿈인가, 생시인가.

─문을 꼭 열어서 방안 공기를 환기시켜야 해요. 반찬 없다고 굶지 말고 밥은 꼭 챙겨먹어요.

퉁명스런 말 속에 챙겨주는 아내의 마음은 새삼스러운 게 아니다. 밀폐된 공간에서는 산소가 부족해도 코골이를 한다고 그랬다. 아내는 밑반찬을 장만해서 유리그릇에 담아 냉장고에 넣어두었다. 가끔 나도 모르게 짜증을 내도 아내는 모른 척 눈을 내리 깔며 흘렸다. 식솔의 안위와 먹을거리를 책임져야 할 나의 무능까지도 한숨으로 넘겼다. 어떻든 불통의 벽은 서로의 입장을 너무 헤아려도 존재하리라. 불쑥불쑥 내미는 생각의 연결고리들. 가끔 씩 서늘한 기운이 내 몸을 툭툭 건들고 지나갈 때면, 아내의 느낌은 어느새 내 곁에 있다.

바깥은 늘 덥기만 한 게 아니다. 눈썹달을 삭풍이 후려치며 싸늘한 시간이 지나갈 때도 있다. 나는 이승에서 얻지 못한 생애의 슬픈 전생을 찾고 있을까. 좁은 의식을 떨치지 못하여 낮에 전철에서 본 낯선 여인을 기억해낸다. 화장기 없이 핼쑥한 여인은 꽤 무거울 것 같은 종이가방을 두 개나 안고 있었다. 여러 곳의 역을 통과할 때까지 여인은 눈을 뜨다말다 했다. 아내와 닮은 그 여인. 소스라치게 놀라 눈뜨면 이불 밖으로 쭈그리고 잠든 내 몸뚱이. 비몽사몽非夢似夢으로 몸이 쇠락하여 헛헛해지면 망상은 더욱 기승을 부린다.

빨강색 털 곰이 씰쭉 웃는다. 서랍장 위에서 입을 헤벌리고 있는 호랑이와 춤추는 분홍 토끼, 넝쿨을 씹고 있는 초록빛 당나귀도. 동물들은 저마다 예쁜 색깔 옷을 걸치고 작은 마을을 이룬다. 아이의 손때가 묻은 장난감들은 남겨진 채 그대로다. 저들은 나를 내려다보며 비웃는 것 같다. 미련한 곰탱이 같으니라고! 그럴까? 설마 아니겠지.

똥그란 눈을 별처럼 깜빡였던 아이는 말없이 널브러진 네고와 장난감들 속에서 지냈다. 아이는 흩트리고, 아내는 그것들을 치우기를 게임처럼 해댔다. 그냥 놔두지 뭘. 또 치워야 할 건데. 나는 되풀이되는 일상에 중독된 지 오래다.

빌라 입구의 꽃들이 시들시들 떨어질 무렵이었다. 쓰레기봉투를 버리고 팔뚝만한 나무를 올려다보았다. 하얀 나비들이 다닥다닥 붙어있었다. 머리를 흔들었다. 엉뚱한 이미지들만 머릿속을 빙글빙글 돌았다. 변비에 질린 똥처럼 낱말은 꽁꽁 숨어서 나타나지 않았다.

─집 앞에 있는 그 하얀 꽃나무가 뭐지?

아이에게 옷을 챙겨 입히던 아내는 눈을 둥그렇게 떴다. 아내는 씁쓸한 웃음을 지으며 반문했다.

―목련꽃 말이에요?

그래, 그래. 그걸 잊었다니. 어설픈 이미지조차 나를 떠나려했다. 꽃잎은 하염없이 떨어지고 푸른 잎들은 돋아 손바닥처럼 커졌다. 맞벌이를 하던 딸은, 맡겨놓은 아이를 데려가면서 못내 시선을 맞닥뜨리지 않았다. 그리고 아내에게 마지막으로 돈봉투를 내놓았다. 나는 못 볼 것을 본 것 마냥 당황스럽고 난감했다.

―엄마? 전세대출금 내고 카드 값을 막으려니까 죄송해요.

아내는 생활비라도 벌어야겠다며 집을 나갔다. 아이를 봐주기로 했다는 것이다. 그리고 가끔 씩 집에 들어왔고, 금방 사라졌다.

―돈 많은 집인가 봐요. 멀지는 않은 곳인데, 고층 아파트에요. 서울 시내와 한강이 한눈에 다 보이는 그런 곳.

*

이따금 휴대전화가 울린다. 아내의 목소리 뒤로 칭얼대는 아이의 울음이 들린다.

―병원에는 다녀왔어요? 병원 갈 적에 잊지 말고 서랍장에 넣어둔 돈 가져가요. 전기세하고 수도요금은 통장에서 자동으

로 빠져나갈 테니까.

아이의 주인이 누구라도 아내의 품에 안긴 아이는, 전생부터 그녀와 인연일 게다. 언제부터 질긴 인연의 끈들이 그녀의 운명을 지배하고 있었던 것일까.

심장이 없는 동물들 사이에서 아내의 사진이 나를 내려다보고 있다. 울긋불긋한 단풍나무 옆에 기댄 아내의 얼굴이 어둡다. 아니다, 내 느낌에 따라 아내의 표정이 변한 듯싶다. 자식은 어미에게 우상이다. 체세포로 복제된 분신이다. 세상의 엄마들은 아이의 밥이다. 아내처럼 딸도 아이를 위해 육신을 소모한다. 그 모든 행위의 본질은 밥이다. 동물의 세계에서는 언제나 먹이에 대한 일이 승패를 좌우한다. 먹이를 거절하고 인간성을 지키려했던 이들은 그저 위대하다. 자신의 육신을 감당할 수 없는 처지에 이른 사람들은 절망을 안고 뒹굴 수밖에 없다. 노동이 시간에 비례하여 에너지를 소비하고, 새로운 에너지를 축적하기 위한 것이다. 사람들은 순전히 에너지에 얽매어 일생을 산다. 죽어가는 삶을 위해 에너지를 만들고 에너지 때문에 희생한다.

로얄빌라와 희망빌라 B101호 사이의 비좁은 공간에는 아무렇게나 던져놓은 재활용품과 쓰레기봉투들이 뒤섞여있다. 너절하게 쌓여진 그것들은 감쪽같이 사라지지 않는다. 이 동네사람들은 구멍을 들락날락거리는 개미떼처럼 아침저녁만 잠시 소란스러울 뿐이다. 날마다 오가는 사람들은 대부분 서로를 모른다. 알 턱이 없으며 알아야 할 까닭도 없다. 그들이 누군지, 나 또한 허점을 드러내지 말아야한다. 익명성이란, 보장을 받기 위해 감추어야 할 일이다. 대부분의 인간들은 오직 자기 자신의 살 일에만 몰두한다. 가끔 차량의 경적과 배달오토바이의 방귀 내뿜는 소리들이 골목길의 가라앉은 공기를 휘젓는다. 도대체 어제와 오늘이 별다를 바 없어 보인다.

납작한 아파트들이 다닥다닥 붙어있던 잠실이었다. 시간은 낡은 건물들을 삭혀버린다. 어느 시기에 재개발이라는 바람 때문에 이곳의 콘크리트 덩어리들도 빠개져 밀려나갔다. 그 자리에 하늘 높은 줄 모르게 고층아파트들이 뚝딱 지어졌다. 유리벽으로 치장한 몸뚱이들이 서로 경쟁하듯 늘어났다. 햇빛이 유리벽을 툭 건드리면 난반사된 빛살은 사정없이 사람들의 눈을 찌른다. 반사각도에 따라 불특정 다수와 건물 벽은 대립한다. 아파트꼭대기와 층층마다 창문과 화려한 조명 뒤에는 어둠이 웅크리고 있다.

이곳의 지명을 들을 때면, 땅콩껍데기 생각이 난다. 땅콩대신 번데기가 들어있는 방. 누에들은 뽕잎을 갉아먹고 마지막 잠을 자면, 2.5그램의 고치가 되어 1,500미터의 실을 인간들에게 빼앗긴다. 그것들은 제 아비와 어미처럼 날개를 달지 못한다. 씨앗과 알은 태아와 같을진대, 짝짓기도 못하고 영영 깨어나지 못한 채 잠이 든다.

여릿여릿 다가오는 추억이 언제였던가. 마을의 한가운데 우리 집으로 화사한 햇살이 날아들었다. 고만고만한 아이들이 우르르 몰려왔다. 홀쩍거리는 누런 코를 소매로 훔치고 있던 아이들에게 대청마루에 앉아있는 할머니가 손짓을 했다. 백발을 쪽진 할머니는 물레를 돌리며 누에고치의 실을 감고 있었다. 누에고치들을 대막대기로 젓는 할머니의 손등에 파리한 힘줄이 돋아났다. 뜨거운 감빛 물에 둥 둥 떠있는 하얀 죽음들. 그 모양은 마치 흙속에서 파낸 땅콩과 흡사했다. 누런 껍질 속에 옹골차게 들어있었을 기름진 알갱이들은 이미 주검으로 햇빛을 보았다. 명주실을 뺏긴 번데기는 먹잇감일 뿐이다. 아이들은 앞에 나서려고 팔꿈치로 밀치며 서로 몸싸움을 하면서 줄을 섰다. 할머니의 손가락에서 번데기가 나오기 무섭게 아이들은 일제히 어미 새가 물어온 벌레를 받아먹으려는 새끼들처럼 주둥이를 벌리며 한입씩 받아먹었다. 움츠려 굳어진 벌레가 내 입 속으로 들어왔다. 깨무는 순간, 비릿한 구린내가 이비인후에 가득 차버렸다. 나는 구역질로 오장육부를 비틀어 짰고 온몸에 소름이 끼쳤다.

—아이구! 하필이면, 내 새끼가 재수 없이 상한 걸 먹다니.

다른 아이들은 멀쩡했다. 손자가 먹은 번데기가 잘못 되었다는 자조로 할머니는 탄식했던 걸까. 나는 이후 번데기에 대한 역겨운 혐오감에 시달렸다. 길거리에서 파는 번데기조차 외면하며 만지지도 못했다.

—김 씨네 땅콩 밭에 서리 할 때는 생 땅콩을 마구 씹어 먹었던 적도 있었잖아. 민수 너는, 비린내가 난다고 그것도 못 먹었지?

—그래, 그래. 그때는 전쟁 후라 단백질이 부족했어. 지금도 단백질을 사려고 모두 돈이면 눈깔이 벌겋지 않더냐.

—수놈들 하는 짓이 다 그렇지 뭐. 식솔들 쳐 먹이려고 별 지랄 다하는데 살인인들 마다할까.

—야? 넌, 문구점 때려치웠다며? 네가 썼다는 그 시집들은 잘 팔리더냐?

사채업자와 정육점주인과 퇴직공무원까지도 제각각 한마디씩 뱉었다. 오랜만에 만난 이들은 현실과 추억을 넘나든다. 나는 단 몇 줄의 글들을 끼적거려 밥을 만들지 못하건만, 친구들은 그렇게 묻곤 했다. 아니면, 말고! 흰 벌레들이 푸른 뽕잎을 갉아 먹는 것처럼, 고향친구들은 튀밥을 사각사각 씹어 먹지 않았다. 친구들은 까마아득한 그림자에 매달려있었다. 모두 가족과 자신의 몸뚱이를 위하여 에너지를 얻으려고 늙어버렸다. 짜글짜글한 이마의 주름살을 찡그리며 오래되어 망가진 레코드판의 나이테마냥 추억만 되풀이했다. 늙은이들은 인생의 거품을 걷어낸 아이들의 기억이 된다. 오래된 압축파일이 금세 늙은이들을 아이로 만들어 버리다니. 추억은 잔인하다. 우리는 눈부신 어느 가을날의 잠자리 떼처럼 정신없이 날다가 사라지겠지. 모두 시간의 먹잇감일 뿐이다. 시간을 마구 퍼먹었던 대가는 죽음이다. 머릿속이 시끄럽다. 잡다한 생각들이 서로 꼬리를 붙잡다가 사라진다. 눈이 씀벅거려서 감는다. 눈꺼풀을 열면 눈이 또 아릴 것이다.

뚝, 뚜욱, 뚝, 뚝! 어디선가 물방울 떨어지는 소리가 들린다. 그 소리는 일정한 리듬을 타고 들린다. 열려있는 내 귀청은 시간이 지날수록 더 예민하다. 한참 후 소리가 끊겼다. 잠은 소리와 함께 달아난다. 잠은 정치망그물에 걸려들지 않는다. 쌍끌이그물로도 잡을 수 없다. 달아난 잠은 쉽사리 오지 않을 터. 나를 겁박하며 뜬눈으로 새우게 한 고뇌와 어지러움의 원인은 자꾸 고장 나서 막바지까지 이른 몸뚱이다. 몸뚱이의 망가진 부품과 이를 유지하려는 욕망의 엇박자는 자연의 이치다. 병원균이 잔혹하게 쓰나미로 밀려오는데 이 몸뚱인들 어찌 감당을 할 것인가. 뭔가 거센 파도처럼 밀려오는 듯 머리가 무겁다. 뱃속이 뒤틀려 메슥거린다. 이러다가 번데기처럼 오므라드는 건 아닐까. 어떤 욕구가 남았기에 식탐은 끼니를 거머쥐고 있는가. 나는 정말 지겹도록 이제는 나의 육신의 한계를 느낀다.

*

강가에 우뚝우뚝 솟아있는 초고층의 유리벽아파트들. 아내는 맨 꼭대기에 서있었다. 나는 아래를 내려다보았다. 천길만길 아득한 낭떠러지 밑에서 운무가 뭉게뭉게 피어올랐다. 유모차를 탄 것은 앙증맞게 생긴 아이였다. 조막손을 오글오글 쥔 아이가 천진난만한 표정으로 까르륵 웃었다. 나는 아내와 함께 유모차를 밀며 낡은 아파트와 호수공원을 지나 슈퍼마켓 같은 데를 돌아다녔다. 석양이 강물 위로 번졌다. 노을빛이 아내의 눈에 반사되었다. 못내 서러운 느낌이 뭉클하게 내 가슴을 저몄다. 나는 돌아보았다. 아! 저런! 어느새 그들의 실루엣이 아스라이 초고층 꼭대기에 다시 붙어있었다. 유모차를 잡고 서있는 아내가 아파트 꼭대기에서 내게 손을 흔들었다. 아리아리한 꿈이었나보다. 비몽사몽을 잡아먹고 블랙홀에서 나를 엿보는 또 다른 나!

—베란다에 서서 내려다보면 우리가 사는 곳이 멀리 한눈에 다 보여요. 너무 높으니까, 무서운 줄도 모르겠네요. 이대로 새가 되어 훨훨 날아갔으면 얼마나 좋을까.

가끔 아내는 전화를 한다. 위태로운 삶의 언저리는 그 시간마저 자유롭지 못하다. 하긴, 행복이란 영원히 존재할 수 없는 것이니까. 행복을 지닌 사람들도 언젠가 새로운 난관에 봉착하므로.

너무 더워서 문을 꼭 닫았다. 안 보다 바깥이 더웠다. 집 밖으로 내뿜는 에어컨 열기와 길바닥이 반사한 무더위가 집을 엿보았기 때문이다. 선풍기로는 등줄기에서 주르르 흘러내리는 땀을 감당할 재간이 없다. 바람조차 실종되었나 보다. 컴컴한 밤이 되어도 열기는 수그러들지 못한다.

골목 구석구석에 처박힌 사람들을 지켜줄 것은, 에어컨바람과 텔레비전 화면뿐이다. 드라마의 인물들은 하나같이 지지부진한 사연에 얽혀있다. 시시껄렁한 뉴스는 존재감마저 없을뿐더러 날마다 위태롭다. 제 자신에 관련된 사건만 눈과 머리채를 잡아당길 뿐이다.

〈뉴스〉지난 해 낙태약을 불법으로 판매하는 국내유통조직을 검거 후 한동안 뜸했던, 먹는 낙태약이 다시 인터넷상으로 암암리에 거래되고 있다는 소식입니다. 수술을 안 받고 낙태하려는 여성들이 임신 초기에 이 약을 복용하면, 수정란이 자궁벽에 착상되지 못해 유산되게 하는 효과가 있다고 합니다. 그러나 전문가들은 이런 약을 먹더라도 태아를 배출하는 후속 과정을 거쳐야 하므로 더 큰 문제를 발생할 수 있다며, 미국에서도 과다출혈이나 심근경색, 사망 등 부작용 사례가 많다고 합니다.

이제 긴급뉴스의 자막이 지나가도 나는 놀라지 않는다. 나는 안다! 사람들의 생애는 날마다 흘러가고, 내일에 대한 희망역시 속절없다는 것을.

*

어깨 죽지와 종아리를 긁을수록 기분 나쁘게 간지럽고 가렵다. 어느 틈으로 들어와 어둠 속에 숨어 있던 놈의 짓일 거다. 하루 전에 사부작사부작 잠입했을 것이다. 대낮에는 어림없다. 놈에게는 에프킬러가 뿜어대는 입자들이 있다. 더 무서운 핵폭발의 섬광처럼 눈 시릴 햇빛도 있다. 그러나 햇빛은 이 방에 잠깐 기웃거리다가 훌쩍 지나가버린다. 놈은 단 한 개의 무기이며 삶의 원천일 비루한 주둥이를 내 살갗에 힘껏 내질렀으리라. 한로寒露가 지나고 상강霜降이 되어도 지독한 놈은 앵앵소리를 낸다. 생존에는 누구나 목숨을 건다. 목숨, 그 하나 밖에 없는 것을 지키려고 놈이나 나나, 아득바득 그 하나를 내던진다. 그래본들 놈이나 나나 삼라만상의 먹이사슬의 구조로부터 벗어날 도리는 없다. 그러하거늘 놈의 생애도 무기력한 나의 일상에서는 찰나일 뿐이다. 이 몸이 잠들어있는 그 순간에도 헤아릴 수 없이 많은 바이러스들은 본능적으로 세포에게 공격을 감행하겠지. 시나브로 야들야들한 살덩이의 세포는 빳빳해지며 단단한 뼈대조차 골다공증을 거쳐 바스러질 터다.

그대로 눈을 떴다 감으며 나는 누워있다. 창가에 어리는 빛이 조금 밝아진다. 가로등 불빛일까. 날빛인가. 벽에 걸린 시계 바늘의 각도가 어슴푸레하게 들어온다. 밤이 슬그머니 도망을 간 건 틀림없으렷다. 동녘 햇빛이 나타날 시간이 가깝다. 서너 뼘만큼 한 창문에 어리는 빛은 부윰한 자태로 바뀌어간다. 얼굴과 목에서 꿈틀꿈틀 경련이 일어난다. 타인의 데스마스크가 내 얼굴에 붙어 있는 것 같다. 허접한 육신을 짜고 볶은 고통은 나를 쥐어짠다. 나는 두 손으로 머리를 감싸며 오도카니 앉아 있다.

칙칙 치익~전기밥솥에서 증기를 뿜는 소리가 들린다. 어떤 것이든 살아있는 일은 존재를 표현한다. 질질 끌고 온 몸은 갈수록 내게 슬슬 반항을 하고 있다. 어디서부터인지 마비가 되어있을 내 몸은 분명 무너지는 신호를 보냈겠지. 망가질 몸뚱이를 억지로 끌고 온 나도 구질구질한 놈이다. 냉장고에서 유리찬합을 꺼낸다. 잘게 썰어놓은 김치의 색깔은 벌겋다. 아내와 먹었던 돼지갈비와 잡채와 참나물과 수박을 떠올린다. 아내는 어깨가 아프다면서 깔끔하게 청소를 하고 떠났다. 파르라니

도드라진 굵은 힘줄이 아내의 종아리를 기어 다녔다. 정맥염이다. 아내는 젖은 눈시울을 내게 들킨 적이 없다.

아내는 며칠 째 들어오지 않은 모양이다. 낮에라도 잠깐 왔다면 어딘가 그녀의 흔적이 있어야 한다. 제대로 잠이나 들었는지 모르겠다. 타의의 힘에 의해 몸과 마음이 구속되면 노예가 따로 없다. 아내의 몸에 고여 있는 슬픔은 얼마나 될까.

나라가 빚쟁이로 전락할 그 어수선할 무렵, 사립학교재단은 금융 비리에 관련되었다. 학교조차 구조조정의 대상이었다. 전교조 활동을 했던 후배를 감싼 일로 정보기관에서 조사를 받고 나온 것은 나의 꼬리표였다. 밥그릇을 내동댕이칠 일이었던가. 중학교국어 선생 십수 년의 퇴직일시금을 아내에게 내밀었다. 몇 천 만원을 손에 쥔 아내는 동분서주했다. 초등학교 앞에서 어설프고 옹색한 문방구점을 했던 시절, 어둑한 가게 안으로 들어온 고사리 손들은 나의 고객이었다. 학교에서 소용되는 문구류는 물론 과자와 장난감들도 놓고 팔았다. 꼬맹이들이 들고 온 구깃구깃한 돈은 돌고 돌았다. 코 묻은 돈으로 밥을 먹을망정, 비굴하게 눈치를 볼 필요가 없었다. 구차한 삶은 원래 비루하다. 한동안 우리는 그런대로 흘러갔다. 갑자기 동네가 술렁거렸다. 판이 뒤집어졌다. 재개발로 초고층 아파트가 들어선다는 것이다. 웃는 자와 우는 자가 한꺼번에 생겨났다. 전세로 들어간 가게는 재개발에 밀려 우리는 쫓겨나갔다.

내 몸이 비틀어지며 갈피를 못 잡은 것도 그 무렵이다. 뇌 영상검사(CT, MR촬영)결과를 보러 병원에 갔다. 복도에 있다가 아내에게 화장실을 다녀오마고 잠깐 나갔던 터.

─신경세포에 일종의 종양이 생겨 번지는 증세입니다.

의사는 판사가 판결문을 읽듯 아내에게 말했다. 문틈으로 보인 그들은 밀통하는 사이처럼, 의사가 지분지분 말하고 아내는 심각하게 고개를 주억거렸다. 아내는 뭐가 불안한지 문 밖으로 자꾸만 고개를 돌렸다. 로또복권에 걸리듯 나쁜 악마가 내게 당첨된 것이다. 언제나 인간은 확률의 문제에 걸려있다. 병원 문을 나서며 다리가 후들거렸다. 세상은 저리도 활기가 넘치는데 나는 분리수거 될 쓰레기였다.

아아앙, 아우앙~앙앙, 소리가 들린다. 소리의 진폭은 일정한 리듬을 타며 벽 안으로 들어온다. 내 귓전에 와 닿았다가 멀어지고, 다시 또 다시 머문다. 소리가 차츰 머릿속을 누른다. 어린애의 칭얼대는 울음인가. 귓전을 맴도는 것은 혹시 고양이 소리가 아닐까. 달팽이관에도 편견이 있을 수 있겠지. 가끔 한밤중에 쓰레기봉투를 할퀴는 녀석들의 짓거리를 본 적이 있다. 발정 난 암고양이가 내지르는 본능의 소리 말이다. 암컷과 수컷이 흘레붙는 짓은 온몸을 다 바치는 쟁투이니만큼. 아이의 울음과 고양이들의 소리가 뒤섞인 것은 아닐까.

─여러 차례 낙태한 것 때문에 내가 그 죗값을 받고 있는 거라구요.

가끔 한숨을 쉬면서 아내가 내뱉었다. 아내는 자기 자신의 말대로 죄업을 닦는 노릇에 얽매어있는지도 모른다. 아내가 휴대전화 메일로 보내온 그 아파트의 애 사진은 꼭 아내를 닮았다. 아니, 닮았다는 것은 나의 편견일지도 모른다. 그저 사람의 윤곽이 비슷하면 사람들은 닮은 법이다. 코와 입과 눈이 닮지 않은 사람은 거의 많지가 않다. 같은 인류이므로 당연하다. 원래 사람의 눈은 3개였는데, 가운데 눈이 퇴화되어 두개골 안으로 숨어버렸다고? 심미안이라는 말이 그래서 나왔을까. 그래서 전혀 앞을 보지 못하면서도 사물을 보고 그림을 그리는 소경도 있다는 것이다. 듣고 배우는 인식의 테두리 안에서 인간은 죄와 벌을 맞추려드는 것일까. 천국도 지옥도 모두 인식을 넘어서는 법이 없는 것 같다. 죄의식을 치유할 방법이 내겐 없다. 나는 못난 슬픔을 휴지처럼 버린다. 잔인한 시간을 기다린들 내 몸뚱이는 이제 끝으로 치닫고 있을 뿐.

*

소나기는 뜨거운 계절을 식히며 가을을 부른다. 가로수도 시나브로 성장점을 멈출 것이다. 햇볕은 데워졌으나 산들바람이 흩트려 버린다. 사방으로 뻗은 길을 따라 우뚝우뚝 서있는 유리 기둥들. 거대한 인공의 실루엣들은 새어나온 불빛으로 감싸인 채 어둠의 유혹을 견디지 못한다. 지하철역 출구들은 날숨과 들숨으로 인파를 빨아들이고 내뱉는다. 햇살이 내리는 아침에 흐르다가 그림자가 개 혓바닥처럼 길게 늘어질 무렵이면 둥지로 들어온다. 거리의 질서를 조급하게 만드는 일몰.

　사람들이 밀려오고 밀려간다. 사람들은 시냇물 졸졸 흐르는 물살을 따라 점점으로 떠나가는 나뭇잎 같다. 마치 휘휘 늘어진 버드 나뭇잎들을 한 움큼 훑어다가 펴서 물 위에 뿌리면 정처 없이 떠가듯. 이어폰을 낀 앳된 여자, 모자 쓴 젊은이, 핸드백을 들고 큰소리로 재잘거리는 아가씨들, 민틋한 빌딩들 아래를 달리는 배달오토바이, 꿩 잡은 사냥꾼처럼 건들거리며 가방을 어슷하게 멘 남자, 종종걸음으로 지하철 구멍으로 빨려가는 여인. 옷가게와 화장품가게 쪽에서 시끄러운 음악이 사람들의 귀를 잡아당긴다. 인도 위로 수많은 머리들이 들쑥날쑥하며 시냇물에 떠가는 나뭇잎들처럼 흘러간다. 지하철의 구멍을 향하여 또는 지하철을 버리고, 둥지를 찾는 새들처럼. 무릇 모든 구멍들의 역할은 얼마나 대단한가. 우리는 구멍으로부터 자유롭지 못하다. 포유류들은 구멍에서 태어나 죽어서도 구멍 속으로 사라진다.

씽씽 달렸던 버스들과 승용차들은 잠시 붉은 신호등에 갇힌다. 초록색 버스는 흡사 화물차다. 카드 찍는 소리만큼 마냥 승객들을 마구 싣는다. 옆구리의 문이 열리면 사람들은 우르르 내리고 탄다. 버스는 다음 정류장을 향하여 내쳐 멀어진다.

버스가 신호등을 기다린다. 일흔도 훨씬 넘어 보이는 늙은 여인이다. 은행나무 가로수 둥치에 기대어 초점을 잃은 채 멀거니 쪼그려 앉아있다. 졸림도 아니건만, 오후의 빛살에 맞아 푸석한 얼굴인가보다. 빠글빠글 머리를 한 여인은 붉은 꽃들이 점점이 박힌 헐렁한 바지와 빨강 꽃무늬가 추상적인 블라우스를 입었다. 자질구레한 비닐자루들의 주둥이를 까서 펼쳐놓았다. 비닐자루 안에는 콩, 인삼, 도라지, 잡곡 따위다. 즐비한 상가 앞으로 행인들이 지나다니나 누구 하나 그 여인을 거들떠보는 사람은 없다. 은행나무의 긴 그림자가 여인의 얼굴을 겨우 가려준다. 오후의 따가운 햇볕은 여인을 치근덕거리며 눈부시게 거리를 휘젓는다.

늙은 여인은 해가 질 무렵까지 저 물건들을 다 팔 수 있을까. 여인의 굵은 손마디처럼 삶의 질곡도 매듭지어 졌을지 모른다. 푸른 신호가 들어와 버스가 움직이자 나는 고개를 돌리며 아내의 모습을 떠올린다.

몇 년 전이었지, 아마. 버스는 밤새 달렸다. 태풍이 남쪽 먼

바다로부터 몰려올 거라고 했다. 아내와 나는 승객들과 대절 버스에서 내려 백담사를 거쳐 설악의 준봉을 향해 걸었다. 잿빛 보살옷차림으로 가파른 산길을 따라 가는 아내의 얼굴은 평안해보였다. 새벽길 걷는 게 죽을 맛이라고 두런거리는 보살들 목소리가 들렸다. 잠은 아침으로 겉돌고 깨어있어도 깬 것이 아니었다. 새벽잠을 설치거나 전날 밤 지새우거나 날밤을 지새워야 갈 수 있다는 봉정암鳳頂庵. 산새들도 어지러운지 산꼭대기를 우러러 올라가다가 휙 떨어지듯 안 보였다. 진신 사리탑을 보러 숨차게 올라가는 사람들이 드문드문 꼬리를 찾았다. 비 오듯 흘린 땀과 고통을 참고 공룡능선 비켜 오르는 불자들의 소망이 극락세계를 그리는 것이었을까.

─아들이 교통사고로 죽었으면 손자는 어떡하누?

─민들레 씨앗처럼 사방으로 흩어져 사는 게 사람들 팔자더구먼.

앞서거니 뒤서거니 하던 늙은 여인이 돌부리에 걸려 넘어지려다가 난간을 꽉 붙잡았다.

─하마터면 죽을 뻔 했어!

침침한 눈을 비비며 앞서 가던 늙은이들이 두려움을 털면서 말했다. 아내와 나는 후텁지근한 날씨를 내치려고 말을 주고받으면서 바위틈을 오르고 있었다.

─우리가 죽어서도 이다음에 또 만나게 될까요?

나를 뒤돌아보면서 아내가 말했었다. 가파른 깔딱 고개를 막 지나서 비 오듯 땀을 흘릴 무렵, 빵빵하게 부풀다가 바람이 빠진 목소리였다. 나는 풀잎을 스치는 산들바람처럼 대수롭지 않게 아내의 말을 흘렸으리라. 아무래도 모르겠다. 내 안의 또 다른 나를 버리거나 얻으려고 그랬을까. 어제의 일들은 한숨처럼 후회한들 끝없이 되풀이되는 나약한 짓거리일 뿐인데. 일생동안 그 육신의 고통을 접고서 깨달음에 가까이 다가가려는 마음이 용기를 주었던가. 맑은 물 흐르는 소리, 새소리, 바람소리. 고요한 숲속에서 중생의 발걸음소리와 욕망으로 바빴던 그 기억조차 아물거린다.

*

비닐봉지를 묶어들어 버리려고 바깥으로 나갔다. 안개가 자우룩하다. 헤아릴 수 없는 미세한 물방울들은 그저 연기처럼 집들을 휘휘 감돌고 있다. 안개는 밤새 떠도는 귀신들을 싸고도는 옷자락이 되어 서서히 사라지려나. 아침햇살조차 안개에 가려 미소를 잃었다. 아물아물하던 골목 끝은 숫제 보이지 않았다. 도시의 구조물들은 안개귀신의 옷자락에 감겨 민망할 정도로 사라졌다.

아내가 있는 아파트는 한강이 보이는 북향이라지? 유명회사가 지을 아파트 분양광고의 문안처럼 흐르는 강물을 조망하는 느낌이 아내에게도 스며들었는지 모른다. 나는 손을 탈탈 털며 다시 지옥으로 들어간다. 시간에 시달릴 아내에게 감옥은 따로 없다. 나의 지옥보다 아내의 감옥은 더 지독할 것이다. 자유라는 말이 모든 사람에게 다 통용되는 것은 아니다. 전화가 울린다. 칭얼거리는 애 목소리도 간헐적으로 들린다.

　─약은 빠뜨리지 않고 잘 먹고 있어요? 빨래를 널고 있으니까, 이따가 전화 할게요.

　휴대폰을 타고 들려오는 아내의 목소리를 젖히고 웬 소음이 불쑥 끼어든다. 출력을 높인 기계 소리마냥, 따다닥! 쿵! 쿵! 쾅~ 느닷없는 굉음이 아내와 나를 단절시킨다. 이미지들이 뒤섞여 요동치는 찰나다. 손가락을 몇 번이고 누른다. '전화를 받을 수 없습니다.' '전화를 받을 수 없습니다.' 웬일이지? 무슨 까닭일까? 아내의 전화는 계속 불통이다. 까만 잉크가 맑은 물에 번지듯 머릿속이 차츰 어두워진다.

　밥을 물에 말아서 떠먹으려다 무심코 텔레비전을 켠다. 시끌시끌한 오락프로화면에 자막이 뜨다가 갑자기 사라진다. 아나운서가 긴장된 표정으로 말한다.

　〈긴급뉴스〉 오전 8시경 서울 강남구 삼성동 골든파크 아파트에 민간 헬리콥터가 충돌하여 이 아파트 202동 35~36층 일부가 파손되고 헬기는 추락하여 조종사 2명은 사망했다. 소방방재청에 따르면, 사고 헬기는 스콜스키 S-76기종으로 김포공항을 떠나 잠실선착장으로 가는 도중 짙은 안개로 시야를 잃고 아파트에 부딪친 것으로 보인다. 이 사고로 아파트 베란다에 있던 여성과 아이가 사망하고, 주민들은 대부분 대피하여 피해가 없는 것으로 파악됐다고 밝혔다.

*

아내는 하늘 높은 곳에서 죽었고, 나는 땅속에서도 살아있다. 나는 슬픔의 바람에 밀려 발길을 이곳에서 멈춘다. 그녀의 탯줄이 끊어져 으앙, 으앙 울며 세상으로 나왔던 포구마을. 황금빛살은 산산이 부서져 붉게 탄 노을로 강어귀에 번진다. 가끔 눈을 떠도 빛이 부시거나 캄캄하여 아무것도 보이지 않는다. 가뭇한 실루엣이 눈으로 들어온다. 물에 떠있는 청둥오리들이 흔들린다. 푸드득! 갑자기 한 마리가 발 갈퀴로 출렁거리는 물결을 헤치고 날개를 편다. 밀물과 썰물에 갇혀 오도가도 못 하는 물고기의 비늘을 찾아서 떠나는 것인가. 철새 한 마리는 푸르른 하늘을 가냘픈 날개로 저어 먼 지평선 가로 질러서 어디로 가는 것이냐. 저 까뭇한 철새도 동족들 놓치고 떠돌아온 세월의 기억을 찾아 헤맬까. 어쩌다가 부리로 물고 온 슬픔마저 놓쳤는지 모른다. 아내는 환생의 유혹에 못 견디서 구천을 떠도는 벙어리 새가 되었나보다.

미련한 나는, 희망이란 신기루에 얼마나 시달렸던가. 희망 따위는 억울하게 죽은 귀신들이 싸질러놓은 똥 같은 유혹의 다름 아니다. 그녀의 고통이 나의 고통은 아니라고 도리질했던 나는, 내 안의 비겁하게 만들어놓은 덫에 걸린 것이다. 인연이 끝났으나 바들바들 떨며 기다릴 그 영혼의 그림자를 찾아가야 겠다. 짧은 날개로 머나먼 바다를 건너려면 또 얼마나 바람과 싸워 더 멀리 날아야 하는가. 마침내 돌아올 수조차 없지만 서둘러 떠나야하는 길.

그녀가 멀리서 내게로 손짓을 한다. 아, 당신? 행여나 새가 되었을지라도 다시 내게로 오시라. 흰 구름이든 짙은 안개로 덮였건 돌아오시라. 싫으시면 눈부신 겨울 햇살로 내려와 강 물결을 은비늘로 반짝이시라. 얼음 속으로 흐르는 당신의 겨울 강 울음소리 들려서, 나는 으스름에 묻혀 소리 질러보나 메아리는 길을 잃어 되돌아오지 못한다. 어둠 저편 하구에서 푸드득거리며 올라오는 까마귀 한 마리 날아가는데……. ★

비겁한 넋두리

찬바람이 불었다. 골목길을 휘저어오던 회오리바람은 검정 오리털파커를 입은 내 얼굴을 할퀴고 내뺐다. 숨어있던 검정비닐쪼가리와 종이 나부랭이들이 날아오르며 흩어졌다. 바람에 쫓긴 비닐쪼가리는 높이 오르다가 까마귀 날개를 펴듯 나풀나풀 내려왔다. 낡은 아파트들을 지나 목욕탕 골목 내리막길에서, 후다닥! 뭔가가 앞을 가로질렀다. 앗! 흠칫 놀랄 수밖에. 가끔 길모퉁이에서 마주치는 바로 그 토실토실한 검은고양이였다. 언제부턴가 길고양이들은 후미진 골목길을 차지했는가 싶더니, 이제는 밤과 낮을 가리지 않고 어슬렁거렸다. 누런 바탕에 흰줄이 있거나 검정과 하양이 섞여 얼룩진 것 까지 무리의 털빛들도 다양했다. 녀석들은 가끔 애 울음 같은 본능의 소리를 지르며 밤의 공기를 할퀴었다.

녀석은 코를 벌름거리며 쓰레기봉투 더미에 발톱과 이빨을
박아 헤집어 긁어대고 있었던 터. 인기척에 놀라 돌린 대가리
가 나를 노려보았다. 그 순간, 홉떠 멈춘 커다란 녀석의 안구는
나의 영혼을 빨아버리려는 듯 보름달마냥 커졌다. 나는 느닷없
이 머릿속을 휘젓는 귀울음에 신경이 곤두섰지만, 병원으로 바
삐 떠났다.

*

윤호를 만나러갔던 게 금요일이었던가. 검정 반코트를 입은
훤칠한 종수 뒤로 재개발지역의 고층아파트골조가 성큼성큼
올라가고 있었다. 종수가 구부정한 등을 펴며 손을 흔들었다.
고가도로 교각 아래로 둔치의 좁은 도로를 따라 걷거나 자전거
를 탄 사람들이 지나갔다. 청계천 하류에서 성수동까지 걷기로
했다. 날림으로 만들어진 구조물 가운데는 개천의 흐린 물길이
흘렀다. 드문드문 말라비틀어진 풀이파리와 앙상해진 나무들
이 바람에 한들거렸다.

"한참 걸리지?"

"살곶이다리 건너서 버스나 택시 타면 금방이여야."

종수는 자신 있게 대답했다. 어깨를 구부리며 경정경정 앞
서가던 그가 뒤돌아보며 물었다.

"아야, 정석아! 맨날 틀에 박혀 정신없이 살다가 여기 오니까, 옛날 우리 중학교 시절 생각이 난다야. 으흐흐."

종수는 벌쭉한 얼굴에 웃음을 가득 물고 기억을 이끌었다. 여전히 남도사투리의 껍질을 벗어버리지 못했다. 까닥거리는 그가 무슨 이야기를 꺼낼 지 짐작이 가는 나도 덩달아 웃었다. 청계천은 옥수동 앞에서 한강 물이 되었다. 고향의 강물과 들판이 떠올랐다. 병풍처럼 이어진 산들이 뻗어 낸 물길은 바다로 흘렀다.

"염소가 교실 앞에 깐다고 전교생을 이끌고 바닷가로 자갈 주우러 간 일 생각 안 나냐? 그때 내가 농땡이 치고 놀다가 윤호 것하고 바꿔치기한 일을 염소선생한테 들켜서 운동장 열 바퀴나 돌았었지. 여자애들 보는 앞에서 애들은 모두 집으로 가버리고 어둑어둑해지는 운동장에서 돌고 도는데 미치겠더라. 그런데 바보 같은 윤호 그 자식은 그때까지 교문 앞에서 나를 기다리고 있었어야."

"윤호는 요즘 어떻게 잘 지낸다냐?"

"아파트 경비원이란 게 다 그렇지 뭐. 짜식이, 독한 맘을 먹고 사업만 잘 지켰어도 떵떵거리며 지낼 텐디. 남 생각이 늘 먼저니까, 돈이 따르지 않으면 누구나 그래. 애들만 넷이고 고삼짜리까지 있으니, 생활이 얼마나 힘들겠어! 한동안 아주 이러

웠는디, 그래도 용케 그거라도 하고 있으니 다행이야. 이런 불
경기에는 너 같은 철 밥통이 제일이지."

"빌딩관리소장은 철밥통 아녀?"

물음에 꼬리를 다는 종수의 말을 무질러버렸다. 하루하루
를 밤잠을 설쳐대며 가시 박힌 목구멍에 침을 삼키 듯 조여 오
는 고통을 말해 무엇하랴. 진퇴양난의 사정을 말해본들 나만
답답할 뿐. 그랬다. 감사원에 적발된 예산 편법운영사건은, 특
별시장의 정치적 행보와 관련이 있었다. 물고 물어뜯는 고래들
싸움에 걸린 것 같다. 애당초 주무과장도 아닌 내가 독박을 뒤
집어 써야 할 까닭은 없었다. 꼬이고 꼬인 탓에 아무리 소명해
도 덫을 빠져나오기가 어려운 형편이다. 조만간 소청심사위원
회에서 결정은 날 터. 약이 되건 독이 되건 간에 시간이 매듭을
풀겠지.

"윤호네 아주머니가 식당 허드렛일을 다니는 것도 우리 집
사람이 귀띔을 해주어 겨우 알았어. 학교 다닐 적부터 자존심
은 있어가지고, 아무한테나 죽는 소릴 해야지."

"무슨 일이 있었나보지?"

종수가 고개를 끄덕였다.

"부부간에 한바탕 했던 모양이더라고. 저번에 대출이자 때
문에 힘들다고 하더니."

"그게 어디 그 집뿐이겠어. 애들하고 아등바등 살려니까, 너도 나도 빚쟁이가 된 거지."

"한동안 식구들 몰래 윤진이 생활비까지 댄 것 같던디, 잘은 모르지만 그 애도 제 오빠 미안해서 진즉 발길을 끊은 모양이더라."

그 말을 듣는 순간, 나도 모르게 얼굴이 화끈거렸다. 깊숙이 갈앉았던 뭔가가 불쑥 고개를 쳐들었던 까닭이다. 느긋한 성품의 윤호와 그의 아내가 언쟁을 했다는 게 뭣이었을까. 어떤 언설이 그들 부부를 다치게 했을까. 서로 만나 속엣 이야기를 들어보지 못한 탓에 나의 상상은 신통하지 않았다. 윤호가 사업이 잘 나갈 때만 해도 고향친구들의 아지트는 그의 회사였다. 대여섯이 모이면 밥값과 술값도 그의 몫이었다.

지치고 힘든 삶의 막바지에서 시들어가는 수컷들이 할 수 있는 일이란 그다지 많지 않다. 풀이 죽어도 그렇고, 식구에게 소리를 질러 역정을 내는 일 따위까지 마뜩찮은 눈빛으로 무시를 당하기 십상이다. 결혼은 인생의 무덤이 된 지 오래다. 나와 종수도 윤호도 그 그늘을 벗어날 수 없다. 세상의 물정에 어두웠던 사람들은 으레 겪는 일이다. 밀려오는 황혼의 세파에 휩쓸려 전율하는 것도 마찬가지. 누구에게나 부딪쳐오는 그 물결이 몸을 흠뻑 적셔버렸다.

*

윤호의 모습이 떠오르더니 덩달아 윤진이가 겹쳤다. 그게 죄의식처럼 바릇바릇 스치면 내 마음도 자유롭지 못했다. 그녀는 이신념이라는 필명을 쓰는 시인이었다. 까맣고 똥그란 눈망울과 별로 어울리지 않을 것 같은 이름이었다. 운동을 좋아하고 활동적이었던 오빠와 달리, 어릴 적에도 그녀는 있는 듯 없는 듯 조용했다. 서울에서 윤진을 본 것은, 내가 시청의 계장으로 있을 무렵이었다. 모범 소년소녀가장을 취재하러 온 윤진을 별관복도에서 마주쳤다. 그녀의 핏줄들이 그러하듯 훤칠한 몸의 서글서글한 눈빛이었다. 짧은 머리의 그녀가 일을 끝내고 내 사무실로 찾아와 명함을 내밀었다. 여성잡지사의 기자였다. 커피는 국장실에서 마셨다며,

"우리 오빠한테 여기 근무하신다는 말은 들었어요. 근데 이렇게 뵙네요. 꼭 연락주시면 덕수궁 근처가 사무실이니까 제가 점심 대접할 게요."

대한문 앞에서 윤진이 내게 손을 까닥거렸다. 벚꽃이 만발한 덕수궁 안을 거닐었다. 어른이 되어서 윤진을 만난 감정은 묘했다. 차분하게 말을 아끼는 대신 눈빛으로 뭔가 갈망하고 있다는 느낌이었다. 그녀가 세 번째 시집을 냈을 무렵이었다. 처녀시집의 꽃과 나비 ― 여행과 꿈 대신, 빈 들판과 검은 흙 ―

분노와 절망 같은 시어들로 변화하고 있었다. 그로부터 몇 번인가 만날 기회가 있었다.

퇴근하여 가끔 함께 만나 밥에 술을 곁들여 마셨다.

뭉크와 고흐, 호치민과 체게바라에 관한 대화가 섞이기도 했다.

내게 있어 인습의 뿌리가 같은 그녀는 여전히 자연스런 이성은 아니었다.

초여름 밤, 내가 윤진을 따라간 집은 후암동의 작은 연립주택이었다. 정갈스럽게 깔끔한 공간이었다. 다만 거실 겸 큰방에는 책들이 가득 들어차있었다.

"아, 참! 정석 오빠도 중학교 시절 문예반이었지요?"

하얀 이를 드러내며 그녀가 물었다.

"어! 그걸 어떻게 알지?"

내 표정이 뜨악했는지, 대뜸 그녀가 받았다.

"왜 몰라요! 집에 와서 우리 오빠와 감나무 평상 아래서 소월의 시를 외었잖아요?"

"그랬던가."

그랬을 것이다. 오리 길 멀다않고 가끔 윤호네 집을 드나들었으니까. 집 마당의 커다란 감나무이파리에 후드득, 빗방울이 떨어졌고, 단발머리로 배시시 웃으며 뒤뜰로 사라지던 그녀가 추억 속에 있었다.

그녀의 머리 위로 4호 크기의 그림이 나를 내려다보았다. 시
푸른 하늘과 검푸른 바다만 거친 붓으로 그려진 액자였다. 커
피를 마시고 한참 후 나는 넌지시 물었다. 왜? 마흔이 넘도록
혼자냐고. 어쩌면 무척 실없는 물음이었는지도 몰랐다. 픽, 웃
는 그녀의 짙은 눈썹 아래 눈빛에서 서늘한 그림자가 스쳐지
나간 듯했다. 윤진이 '진보적 가치와 여성의 삶'을 말하며 비
켜나갔다. 나는 그녀의 이념적 정서에는 그다지 동의하지 못
했던 것 같다. 손바닥으로 턱을 괸 그녀가 나를 빤히 쳐다보았
다. 쏴아~쏴아! 어색한 침묵을 깬 것은 갑자기 요란한 빗소리
였다. 그녀가 일어나 열린 창문을 닫았다. 반바지를 입은 그녀
의 탄탄한 허벅지가 자꾸 시선을 당겼다. 윤진이 야릇한 눈빛
을 흘렸다. 그녀의 까만 눈은 블랙홀이었다. 위험한 눈빛끼리
부딪쳐 욕망의 불씨가 일었다. 뻐근한 아랫도리의 본능이 나를
꼬드겼다. 그녀에게 내가 손을 건넸다. 그녀의 두근거리는 파
장이 내게 전달되었다. 아아, 예측은 가능했지만 망설였던 일
이 현실로 다가오다니! 오로지 헛바닥을 내려뜨리며 헐떡거리
는 수캐마냥 그녀와 엉켜야 한다는 욕망을 나는 참아내지 못했
다. 우리는 본능의 망치로 도덕의 벽을 허물었다. 황홀한 순간
에 이어 가벼운 죄의식이 스쳤다.

"두렵지 않아?"

내가 조심스럽게 물었다. 그 무슨 뚱딴지같은 말이었을까. 객쩍은 말이었을 거라. 어색한 웃음을 머금은 그녀가 대답했다.

"누구나 처음 가는 길은 두려울 걸요."

순간, 어렴풋한 기억이 불쑥 떠올랐다. 어렸을 적 앳된 그녀의 모습들이. 자신 없이 내가 머쓱하게 반문했다.

"함께 못 가도?"

눈으로 웃던 그녀가 말의 답을 지었다.

"어차피 혼자 갈 텐데요, 뭐."

비시시 웃던 그녀가 눈을 내리깔았다.

"앞길이 구만리나 남았는데?"

"오빠, 죽는다는 건 살아있는 사람들의 기억에서 지워질 뿐이야."

저절로 흘러나온 바보 같은 물음에 그녀는 쐐기를 박았다. 왜? 그녀는, 무턱대고 나를 받아들였을까. 그녀처럼 다부진 성격이 때론 나약해질 수 있다는 생각이 문득 스쳤다. 그렇다면, 나의 이기적인 욕망은 뭘까. 껍처럼 진득하게 달라붙은 의무와 책임이라는 낱말이 그림자처럼 뇌리에서 떠나지 않았다. 우리가 공유했던 건 있었을까. 그게 단 둘이 있었던 내 마지막 기억이었다. 그리고 몇 개월간 공무원 연수원을 다녀와 구청으로 발령을 받았던 터. 윤진이 다니던 잡지사는 경영난으로 폐간한 뒤였다. 다시 시청으로 자리를 옮겼지만 업무에 쫓겨 이러저러 서로 소식이 뜸했다. 아니, 어쩌면 그것은 내 핑계일 뿐 어설픈 도덕성과 소심증 때문이었으리라.

*

다리가 뻑뻑하도록 걸었다. 무릎이 뻐근하고 발바닥도 아팠다. 멀리 휘도는 동부간선도로로 수많은 차량이 밀리며 가다 서다 했다. 한양대학교가 저만치 보이는 살곶이다리에 이르렀다. 역사가 묻어 있은 돌다리였다. 우리는 간선도로 밑의 좁은 터널을 통하여 성수동쪽으로 빠져나왔다. 삭고 낡은 공장들이 다닥다닥 붙어있던 곳은 고층 아파트들로 채워지고 있었다. 성수동의 자잘한 공장들을 지나서 어떤 골목이었다. 땅거미가 진즉 도시를 덮어버린 어두운 골목은 상가들의 불빛이 늘어났다. 가로등 밑에서 서성거리며 담배를 피우던 사내가 불빛 아래 모습을 드러냈다. 윤호가 우리를 보더니 다가왔다. 흰머리에 반쯤 덮여있던 그의 얼굴은 초췌했다. 몇 달 전에 결혼식장에서 잠깐 만났을 적보다 더 삭아진 느낌이었다. 윤호가 축 처진 목소리로 입을 열었다.

"내가 나갔어야 하는데……."

"쓸데없는 소리! 너, 시간을 내기 어려울 거라고 정석이가 이곳으로 정했어, 자식아."

"오랜만이다. 별일 없지?"

종수가 정색을 하며 감싸는 것을 내가 거들었다. 드문드문 늘어선 음식점들의 불빛이 발길을 붙잡았다. 윤호를 따라 한번 와 보았던 그다지 넓지 않은 식당의 구석진 곳으로 앉았다. 서너 군데의 식탁은 빈 자리였다. 가끔은 서로 말로써 표현하지 않더라도 깜냥으로만 느껴졌다. 저들도 마찬가지일 거라. 어려서부터 함께 커서 자주 보아온 친구들이어서 감춰지지 않는 점도 있다. 분위기에 따라 어떤 행동과 표정을 짐작하여 느껴지는 그런 것. 삼겹살이 노릇노릇 구워질 쯤 맥주잔에 소주를 섞어 마셨다. 가만히 생각해보니 묘한 일이었다. 그날따라 누구라 할 것도 없이 술잔을 부딪쳐서 남들 다하는 건배도 생략된 채 퍼마셨으니.

늘 그랬던 것처럼 우리의 대화가 술잔처럼 돌고 돌아 고향을 들먹였다. 종수는 술만 마셨다하면, 또 토악질 하듯 억울했던 사연을 쏟아냈다.

"고향 소리만 나면 정나미가 떨어져! 이 팍팍한 도시에서 도저히 살 길이 없어 찾아갔는디, 동냥을 안 주려면 바가지는 깨지 말아야지."

새로운 군복들이 고향을 유린한 결과로 통치하던 시절이었다. 시대와 맞물린 그의 활동조차 비참해진 고향처럼 주눅이 들었다. 종수는 청년시절 핸드볼 국가대표선수였다. 어찌어찌 객지에서 눈이 맞은 여자는 배가 둥글게 부풀었다. 식솔이 생긴 바람에 대책 없이 종수는 여자를 데리고 남쪽으로 내려갔다. 그러나 고향 땅에 가본들 먹고 살길이 막막했던 것이다. 그때 고향의 지인들에게 설움을 받았던 그 대목.

"……또 둘째 아이까지 생겼는디, 사촌동생 C가 형님? 이제는 마지막으로 포장마차나 한 번 해보시면 으짤까라우. 그래서 며칠을 곰곰이 생각해보다가 내가 소매를 걷어붙였어. 뭔 일이 닥치면 팔자에도 없는 짓거리도 하게 되더란 말이시. 리어카를 사갖고 철근을 잘라 용접하여 포장마차를 만들었지. 그라고 돼지 한 마리를 사서 하포리 이장한테 보냈어야. 원래 내 성질대로라면 쪽팔리고 안 하던 짓거리였지. 다음 날 집으로 찾아가서, 어야? 동생, 내가 생계가 너무 어렵네. 부끄럽지만, 이것이라도 어떻게 해 보려고 하니 동네에서 협조 좀 해주게. 그런데 이장 놈이 한다는 말이, 종수 형님! 이 문제는 나 혼자 결정할 일이 아니고 동네청년회에서 의논해야 되니까, 청년회장인 S형님하고 말씀하시지요, 그러더라고. 그래서 나는 오히려 잘되었다싶어 S한테 뛰어 갔지. 중학교동창생이라고 내심으로 기대를 했는디, 그게 아니었어. 알고 보니, 오히려 일이 틀어지도록 이장을 뒤에서 조종하는 놈이 S였어."

"그래서?"

"그란다고 내 성질에 가만있겠냐! 이미 포장마차랑 다 만들어 놓았는디, 콱 저질러버렸지. 아따, 물김을 채취하는 성수기철이라서 그런 호경기가 없었을 거여. 날마다 하루에도 몇 십만원어치는 너끈하게 매상이 오르는디, 집사람도 나도 통 힘든 줄 몰랐단 말이여. 그래서 돈 좀 모아지면 아주 눌러 살려고 땅까지 봐두었는디……. 하루는 C가 허겁지겁 달려와서는, 겁을 잔뜩 집어먹고 하얗게 뜬 얼굴로 형님? 종수형님, 큰일이 나버렸소, 하며 손가락질을 하는 거여. 바다 끄트머리에서 배가 하나 둘 포구로 들어오더란 말이시. 그것이 뭣이냐 하면, 김 양식장 개펄에 병이 번져서 온 바다가 전염된 거여. 결국 마누라 말을 들을 수밖에 없어 서울로 다시 왔지 않냐. 그때는 참말로 막막했는디, 신문사에 근무하던 윤진이가 내 직장을 알아봐준 거여. 덕분에 다시 일어나게 되었지만."

종수의 푸념은 허공에 주먹질을 해대며 어지간했다. 우리는 반론을 제기하지 않고 들어주었다. 그만큼 종수에게는 그 시절, 그 일들이 상처로 깊이깊이 자리 잡은 게 분명했다. 윤호는 시선을 내려뜨리며 고개를 주억거리기만 했다. 내가 젓가락으로 김치를 집으며 거들었다.

"어찌 됐건 지금은, 직장도 잘 잡았고 집안도 평안하면 잘 된 일이지."

"그래서 내가 귀향한다는 놈들 있으면 이를 갈며 못 가게 말린다."

"야, 그래도 조상들이 묻혀있으니 별 수 없이 가는 곳이 아니냐?"

묵묵히 듣고 있던 윤호의 반문이 종수의 발화점에 불을 붙인 것 같았다. 정색한 얼굴로 종수가 폭탄을 던졌다.

"그래봤자, 우리 모두 부모들도 안 계신디, 나 돼지면 새끼들이 간다는 보장도 없지. 나한테 다시 물어봐라. 너 다시 고향으로 내려갈래? 하고 물으면, 아니! 안 가! 씨발, 내가 다시 그곳으로 가면 성을 갈아버린다."

종수는 눈을 껌벅거리며 천장을 쳐다보더니, 소주잔을 한입에 털어 넣었다. 흙이 된 부모의 무덤만 달랑 남아있는 고향이었다. 그 흔적은 기억으로 살아서 내게 슬픔을 더해 주었다. 나이를 더할수록 식솔에게 시달리기 바빴다. 그래서 점점 고향도 추억조차도 희미해졌다. 분위기를 바꿔보려고 했는지, 윤호가 갈앉은 목소리로 넌지시 던졌다.

"정석이 너는 요즘 좀 어떠냐? 뭔 일이 생겨서 그냥 집에 있다며?"

나는 슬쩍 종수를 훔쳐보았다. 뻔히 짐작이 된 마당에도 종수는 모르쇠로 연신 고깃점을 움질거렸다. 입 가볍게 윤호에게 귀띔을 해준 것이 분명했다.

"그게 뭐 좋은 일이라고."

"임마, 친구끼리 꼭 좋은 일만 일이더냐."

게 눈 감추듯 빠져나가려는데, 윤호는 걱정스런 눈빛으로 쐐기를 박았다. 나는 심드렁하게 대꾸했다.

"곧 소청심사가 열리는데, 이제는 빨리 결판이나 났으면 좋겠어."

푸념 속에 한숨을 내쉬었는지 모르겠다. 언론에도 보도된 특별시청의 일에 관해서 저들이 안다고 달라질 것은 없다. 저들도 세파에 시달려 힘겨운데 까발려서 괜히 분위기만 무거워질 것 없다. 그런데 이 무슨 조화일까. 문득, 윤호의 얼굴 위로 짧은 머리의 윤진의 모습이 덧씌워졌다. 그래서 나도 모르게 불쑥 튀어나온 내 물음.

"참, 모두 잘 있지? 윤진이도?"

의례적인 인사로 툭 던진 말에 윤호는 나를 뚫어지게 보았다. 그러더니, 고개를 수그린 채 내 반짝이는 검정구두에다 시선을 멈추었다. 그 반응에 나는 괜히 가슴이 떨렸다. 그리고 종수와 나를 번갈아 보더니, 윤호는 땅이 꺼져라 한숨을 길게 내쉬었다. 쇳덩이처럼 무거움이 가슴팍으로 떨어졌다.

"그 계집애 때문에 내가 미쳐버리겠다야."

윤호는 깍두기를 으드득으드득 씹었다. 그리고 남의 이야기하듯 제 동생의 근황을 툭툭 던져주었다. 신문사에서 나온 뒤 잡지사와 문학잡지 편집 일을 하다가 그만 두었다는 것. 지금 종합병원에 입원해 있다는 것. 그동안 만성이었던 신장병으로 혈액투석을 하고 지냈다는 것. 그나마 병세가 급격하게 악화되어 식물인간으로 누워있다는 것. 합병증을 불러와 더욱 어려운 상태라고 했다. 그랬었구나. 내 자신의 아픔만 알았지, 타인의 슬픔이 나의 아픔으로 전이되는 줄 몰랐으니. 나는 윤호의 시선을 비켜 주방 쪽을 바라보았다.

"입원한 지는 얼마나 됐어?"

"한 달이지만 죽은 거나 같아."

윤호는 심드렁한 표정으로 시큰둥하게 대답했다. 내가 토를 달았다.

"진즉 좀 알려주지? 나도 한번 가봐야 하는데……."

"가봐야 허탕이야. 그게 뭐 좋은 일이라고."

윤호가 손사래를 치자, 종수는 게슴츠레한 눈으로 벽시계를 보더니 시부렁거렸다.

"전쟁이 따로 없다! 사는 일이 전쟁이어야, 씨발! 아야? 밤도 깊었으니, 이제 집에 가자."

비틀거리며 모두 일어섰다. 종수가 미리 술값 계산한 것을 카운터 앞에서야 알았다. 바깥은 찬바람이 불었다. 행인들은 총총 걸음으로 비켜나갔다.

참으로 세월이 무섭구나. 쉰을 넘긴 친구들의 어깨는 더 무거워지고 있었다. 생활이 삶을 옭죄어버린 상태에서 희망은 아득히 먼 하늘이다. 텅 빈 머릿속을 흘러다니는 흰 구름 몇 조각처럼 처량했다. 손에 잡히지 않은 꿈으로 무엇을 하겠는가. 하긴 생은 늘 고통을 쥐고 닳아졌다. 그 고통의 본질은 살아있는 것들의 숙명일 터. 술을 마시고 취해 본들 해결되는 건 없었다. 생애의 끝자락을 쥐고 흔드는 꼴이다. 아무튼 나는 시간을 내어 윤진에게 꼭 가봐야겠다는 생각이 들었다.

간밤에 술을 마셨던 탓에 머리가 지근지근 쑤셨다. 나는 냉수를 벌컥벌컥 들이켰다. 날마다 칼 출근을 했던 습관이 나를 깨웠던 것이다. 아파트 앞 동에서 드리운 그림자가 벗겨졌다. 햇살이 환하게 들어왔다. 아이들도 아내도 보이지 않았다. 제각각 일들을 쫓아나갔을 것이다. 이제부터 나는 실업자 신세다. 보직을 해임 당한 처지라 무늬만 공무원인 신분도, 며칠 후에는 어찌 될지 알 수가 없다. 그런데 불현듯 윤진의 일이 떠올랐다.

　사흘이 지나 나는 혼자서 병원 중환자실로 갔다. 묵직한 공기가 실내를 누르고 있었다. 면회시간은 제한되었고 촉박했다. 송장처럼 누워있는 환자가 대여섯. 윤진은 구석진 한쪽에서 산소마스크를 쓴 채 눈을 감고 있었다. 오랜만에 그녀와 만나는 셈이다. 넋이 육신에 깃들고 있기나 한가. 소통불가의 자리였다. 윤진은 내가 온 걸 알기나 했을까. 탄탄했던 몸은 비루한 말처럼 변해있었다. 굶주림에 익숙하여 정신 줄을 놓아버리면 누구나 동물의 몸으로 돌아가겠지. 뼈와 근육과 신경세포는 잠잠하고 조용한 것 같았다. 링거가 꼽힌 윤진은 마네킹과 하등 다를 바 없었다. 금방이라도 빌떡 일어날 듯 기대했던 상상은 여지없이 무너지고 말았다. 하기야 그녀의 몸이 벌떡벌떡 일어나 나와 춤을 출 수 있다면야!

　종수로부터 전화연락을 받은 것은 병원에 다녀 온 이튿날이었다. 그녀가 죽었다고! 아아, 그렇다면 윤진은 나를 기다리고 있었단 말인가.

　　*

　장례식장이 정리될 동안 잠깐 다녀올 데가 있다며 윤호는 내 손을 잡아끌었다. 누군가에게 전화를 한 뒤였다. 조금 후 잿빛 개량한복을 입은 웬 여인이 나타났다. 머리를 뒤로 묶은 쉰

살가량의 여인이 윤호에게 아는 척했다. 10여 분만에 모두 장례식장을 나섰다. 우리는 검정바지에 누런 반코트를 입은 여인을 뒤따라 택시를 탔다. 기본요금을 조금 넘어서 택시가 멈춘 곳은 오래되어 페인트가 듬성듬성 벗겨진 고층아파트였다. 을씨년스럽게 조그맣고 앙상한 나무들이 사이로 찬바람이 휘잉~ 소리를 질렀다. 여인은 고개를 뒤로 돌리며 윤호에게 말했다.

"이신념 선생님은 길고양이들의 대모였어요. 길고양이 보호카페에서 만난 지 꽤 되었거든요. 아프기 전만 해도 시민강좌에서 친환경강의를 했구요."

"몸도 성치 않은 사람이 그런 일을?"

"그럼요. 아무도 할 수 없는 일을 하신 대단한 분이에요."

여인과 나의 대화가 듣기 싫었는지, 윤호는 못마땅한 표정을 애써 누르는 듯했다. 여인이 승강기의 버튼을 누르자, 삐삑! 하고 날카로운 금속성 소리가 났다. 덜컹거리며 불안하게 올라가는 승강기가 멈추며 또 그 소리가 났다. 주택공사 임대아파트였다. 아래에서 치밀어오른 차디찬 바람이 거세게 휘몰아쳤다. 9층 복도에는 집집에서 기어 나온 낡은 가구와 소파와 잡동사니들이 무질서하게 놓여있었다. 여인이 열쇠로 현관문을 열었다. 어두운 공간에서 비릿한 냄새가 훅 끼쳤다. 아무렇게나 뒹구는 옷가지며 합성수지 그릇들이 흩어져있었다. 느닷없이 앞으로 뭔가가 툭 떨어졌다. 싱크대 위에서 떨어진 것은 묵직한 보릿자루 같은 형체의 검은 고양이였다. 검은 고양이는 눈을 크게 열어 나를 쳐다보았다. 고양이의 눈은 내 눈에 꽂혀 날카로운 유리파편처럼 쿡 찔렀다. 야아옹, 야옹~ 고양이는 두 번인가 울었다. 전율과 소름이 오싹 돋우며 나를 감전시켰다. 나는 순간, 고양이의 켜진 눈에서 윤진의 그 까만 눈빛을 떠올렸다. 알지 못할 어떤 그림자가 고양이의 전신에 묻어 있는 것일까.

좁은 거실과 방 한 칸은 생활보호대상자의 거주공간이었다. 거실의 책장에는 빼곡하게 많은 책들이 박혀있었다. 의자 위에도 누런 털과 하얀 털의 고양이 두 마리가 쭈그리고 있었다. 고양이들이 윤호의 주변을 어슬렁거렸다. 개판이 아니라, 고양이 집이었다. 고양이들은 며칠을 굶었는지, 간헐적으로 야옹거렸다. 여인이 고양이들을 데리고 나갔다.

"요즘에는 아까, 그 여자들 모임에서 돌아가며 생활비를 조금 대준 모양이더라. 정석아? 나는 이쪽 물건들 좀 정리할 테니까, 그쪽 방에 컴퓨터 있지? 니가 뭐 들어있나 한번 검색해봤음 좋겠다."

'사람은 가고 잡다한 물건들만 남았구나.'

내가 혼잣말로 뇌까렸다. 왠지 시선이 꽂힌 느낌이 와 닿아 고개를 돌렸다. 윤호가 나를 물끄러미 바라보고 있었다. 그리고 얼른 가져온 종이박스를 펼쳐 접으며 입을 열었다.

"제 팔자가 그란디 으짜겠냐…… 예전에 어떤 놈을 좋아한 적이 있었단다. 대학 운동권 선배였는데, 한동안 미쳐서 따라다녔다가 헤어졌지. 물론 그쪽 집에서 무척 반대했던 모양이고 그놈도 딴 여자가 생겼던 모양이여. 그놈은 곧 바로 딴 여자와 결혼을 해버렸고……. 그 뒤로 야는, 제 일에 미쳐서 혼기도 놓쳐버렸어야. 잡지사와 문학지가 망한 뒤로는 번역하는 일이나 남의 자서전 대필해주는 알바 일까지 하더라만, 입에 풀칠하는 일마저 여의치 않았던지 기어코 몸까지 상해버렸던 거여. 정석이 너는, 통 몰랐지?"

처음 듣는 말이었다. 낮은 불빛이 보여 준 방은 어둡고 컴컴했다. 열린 옷장 속에 낡은 옷들이 어지럽게 걸려있었다. 벽에 고양이들의 사진과 쪽지들이 다닥다닥 붙어있었다. 그리고 수평선을 중심으로 하늘과 바다가 갈라진 그림은 여기까지 따라와 걸려있었다. 후암동에서 웃음 띠었던 그녀의 모습이 잠시 떠오르다 사라졌다. 책상 앞에 놓인 메모달력의 숫자에 몇 개의 동그라미들은 뭘까? 그건 은행청구서들의 결제일 표시였다.

나는 모니터를 켰다. 그 창에 뜬 글이 눈을 잡아당겼다. 얼른 보면 아무렇게나 입력된 메모 같았지만 앞과 뒤가 생략된 문장들이 굴러다녔다. 긴 내용은 아니었다. 이제까지 발표된 그녀의 시와도 거리가 멀었다. 도대체 어지러운 말들은 무어란 말인가! 나는 뒤죽박죽된 말의 흐름을 읽어내기가 참으로 어려웠다.

　─원시동굴 낙서에서 비롯된 예술가들의 짝사랑이라니. 배고파도 밥과 바꾸지 못했던 오만한 idea의 중독성. 그래, 사랑의 후유증은 전생의 업일 거야. 절정을 죽음과 바꾼 곤충도 있는데, 낡은 시어들에 빠져 주어진 시간을 놓쳐버린 미친 년! 너는 이 세상과 저 세상을 오가며 저주 받을 거야. 그래, 고독이 어디선가 바퀴벌레로 기어 나오는군. 살충제와 같은 CD를 고르려다 아무거나 넣는다. 리듬은 통일, 분리되면서 어우러진다. 어둠을 들쑤시는 빛도 찰나야. 컴컴함을 찢은 암고양이의 소리는 윤회의 전생. 청각과 시각이 후각과 협잡하면서 파렴치한 기억들을 토해놓는군. 서로 조합되지 않고 뜬구름으로 따로 국밥인 그것들이, 그 헝클어진 이미지들이, 금방 사라지면 나는 맹하다. 이미지가 이미지에 겹쳐 몹쓸 꿈이 되었던 거야. 이미지들에게도 주민번호처럼 고유순서가 있어야 해. 언젠가 그 밤들의 소나기가 땅을 두드리며 나의 머리를 뇌쇄시켰듯, 고르지 않은 리듬들이 온몸을 파고든다. 의식은 몸으로부터 진화하는데, 몸이 달라도 ♂과 ♀의 본질은 같겠지. 몸이 생성하여 퇴락하기까지 그 안에서 일어나는 온갖 기억의 압축파일은 왜, 고통스럽지? 배신은 느끼는 사람의 몫. 아네모네 꽃잎으로 날리어도 좋아. 그것은 나의 불찰도 X의 잘못도 아니다. 인연은 한줄기 빛과 같아서 빛이 끊어진 그 자리에 나 없으면 그대 또한 없으리. 자유가 주는 방임의 순간도 있었지. 순간의 여운은 고독을 위로하므로. 어둠을 살며시

들추는 잔광 같은 거. 빛의 한시성은 존재에서 존재까지. 고독이 슬픔을 몰고 올 때에는 언젠가 육신에도 이상이 올 거야. 몸에 갇힌 영혼은 어쩔 수 없어. 모든 것은 물고 물리면서 하나의 세계가 되었지. 영원한 합일은 없어. 완벽한 춤사위도 없다. 세월이 지나면, 주검의 티끌 하나까지 남기지 않고 말끔하게 지워지려나? 그건 내가 걱정할 일이 아니야. 인간에게 켜켜이 쌓여져 묻은 시간은 증발하거나 삭제되어 허무하게 사라진다. 간밤에 와서 아침이면 햇볕에 녹아버리는 안개나 무서리처럼. 빨랫줄에 걸려 마른 껍질들은 다시 세탁기에 들어가도 그뿐. 영속성이란, 삶을 가진 인간들끼리 야합하고 넘겨주는 육상선수의 바턴 터치. 위험하고 위태위태한 인간의 시대. 야성을 잃어버린 종족들은 이미 시스템에 중독되었으니까. 인간이 만든 덫에 인간들이 걸리는데, 진화는 낡아가고 미래는 어둡다. 시도 때도 없이 먹어야 할 것도 많아. 나는 검붉은 윤활유와 약 알갱이의 마수에 걸린 노예. 쿡쿡 파고들어오는 주사바늘들의 공격에 시들어 여기까지 왔다. 나도 드라큘라의 숙명처럼 뜨거운 피를 마셔야 해. 몰래 잠입한 악마의 용병들은 거칠 것 없이 파죽지세로 나의 영토에 치닫는다. 마귀할멈의 갈퀴손톱으로, 머릿속을 갉아들거나 수박처럼 통통 두드리며 칼끝을 들이댔겠지. 아니, 이미 긴 빨대를 머리통에 꼽아 쭉쭉 빨아 마시는 게 아닐까. 망할 것들! 차라리 그럴 라면 그래라. 검붉은 죽음이 어둠일지 아닐지는, 가봐야 알 일. 하긴, 그 또한 알 수 없는 일. 허망한 시간을 꾸겨서 휴지통에 쳐 넣어버렸다. 바퀴벌레와 부화뇌동하며 지랄하던 이미지들이 금세 사라지는군. 이제 또 나는 하혈하마.

*

"어야, 동생? 개똥밭에 굴러도 이승이 낫다는디, 왜, 빨리 깄냐!"

종수는 소리 내어 울며 손등으로 연신 눈물을 훔쳤다. 오히려 들썩이는 어깨를 다독거리던 윤호가 뒤에서 토닥거리며 뱉었다.

"그만 울어. 살아있는 우리가 기껏 할 수 있는 일은 죽은 사람을 추억하는 것 밖에는 없어야."

눈물이 울컥 나오려다 참았던 내 머릿속으로 부끄러움이 가득 차버렸다. 그러나 윤진의 단발머리 영정사진은 그늘진 미소를 베어 물고 있었다. 종수와 소주를 여러 병 비우고 한쪽 구석에 웅크리며 잠이 들었다. 나는 비몽사몽간에 그녀가 얇은 시집의 책장을 넘기는 모습을 보았다. 날밤을 꼬박 새웠다. 그리고 어둠을 헤치고 벽제화장터로 갔다. 나는 밤새 마신 술기운으로 졸음이 왔다. 날빛이 돋을 무렵, 모두 장례버스에서 내렸다. 윤진의 시신은 뜨거운 구멍 안으로 들어갔다. 유족들과 함께 온 스님이 염불을 했다. 메마른 살과 뼈가 기름으로 타는 불길 속에서 한 시간여.

짧았지만 소나기가 내린 그날 밤의 시간. 그토록 눈물겨운 너의 세월을 나는 비겁하게 잊고 비겁하게 도망쳤구나. 모든 일은 살아있는 자들의 잣대란다. 어차피 제 갈 길은 누구나 다르다고 네가 말했지? 이승에 남겨진 것들은 얼마나 불쌍한 슬품이겠냐? 아수라의 공간과 시간에서 헤맸던 그 순간을 날려 보내라고. 벅찼던 삶은 아스라이 던져버리라고. 모진 비바람을 맞으며 세상의 슬픔과 고통 따위를 혼자서 감당하려했던 날들을 잊어버리라고. 네가 뱉어 낸 사람들의 이야기도 이제는 놓아버려. 그 시어들은 찬바람에 나뒹구는 비닐쪼가리들로 어지럽게 흩날리다 까마귀 떼가 되어 날아갈 거야. 초여름 밤 소나기가 내린 어둠 속에서 꿈꾸었던 일이, 파도너울로 나를 쓸어 내쳐버리지 않겠니? 살아있는 일은 더 이상 환희일 수 없듯. 한줌의 골분은 항아리에 담겨졌다.

지금 어디 쯤 가고 있을까. 못내 설움이 사무쳤을 윤호의 침통한 모습이 떠올랐다. 길 위에서 유골을 안고 핏줄의 온기와 추억을 느끼고 있을까.

*

종합청사로 들어섰다. 긴 복도를 지나면서 긴장이 왈칵 몰려왔다. 소청심사위원회에서 나의 의견은 또 묵살되었다. 왠지 덫에 걸린 느낌은 지워지지 않았다. 괜히 마음을 졸였던 일조차 후회스러웠다. 그런 내 표정이 저들에게는 참담하게 보였을지도 모른다. 위원들은 의례적인 위로의 말을 건넸다. 가식적인 표정을 애써 감추는 그들에게 나는 손을 내밀지 않았다. 이제 지난한 공직생활도 끝났다. 하기야 진즉 포기했으면 홀가

분할 일이었다. 그렇지만 삶의 질서가 어떻게 바뀌더라도 나는 살아야 한다. 오만 잡다한 생각들이 엇갈리며 떠오르다가 갈앉기를 되풀이했다. 나는 광화문 큰길의 차량과 인파 속으로 휩쓸렸다. 추위에 웅크리며 바삐 가던 여성의 뒷모습이 시선을 붙잡았다. 윤진의 모습으로 오는 착시에 나는 고개를 저었다. 그녀의 창백한 얼굴이 불쑥 내 머릿속으로 끼어들어 맴돌았다. '어차피 혼자 갈 텐데요, 뭐.' 뇌리를 깊숙이 찌른 그녀의 대답이 들려오는 것 같았다. 윤진은 세상에게 패배했다고 생각을 했을까. 인간끼리의 승패는 어차피 시간 속으로 사라져버릴 일. 그런데 X는 누구였을까. 윤진의 메모에서 지칭하는 X는, 대학선배도 그 누구도 아니었을지 모른다. 똬리를 튼 잘못된 의문이 내 머릿속에서 회오리쳤다. 사람은 누구나 서로 다른 방식으로 스스로를 위로하겠지. 나는 또다시 비겁한 위안으로 나를 다독였다.

나는 마을버스에서 내려 오르막길을 걸었다. 엷은 구름이 햇빛을 덮어 버렸다. 써늘한 동네가 갑자기 낯선 느낌이 들었다. 검붉은 벽돌굴뚝이 높게 달라붙은 목욕탕 골목 앞이었다. 앞을 가로질러 뭔가가 튀어나와 휙 사라졌다. 앗, 검은고양이! 윤진이 아파트에서 본 고양이인 것 같기도 했다. 잘못 보았겠지? 계단을 올라와 손가락으로 아파트 현관문 번호를 눌렀다.

뭐야? 잘못 눌렀나?

　　605617 아니다.

　　656037 이것도 아니다.

　　796056 그 또한 아니다! 숫자의 조합은 맞지 않았다. 철문이 내게 몇 번이나 암호를 물었으나 끝내 답을 못 했다. 생년월일조차 잊어버린 내게 현관문은 열어주기를 완강하게 거절한 것이다. 나는 갑자기 머릿속이 아뜩했다. ★

옷기을 스치다

봄이 바람에 떨고 있다. 그녀는 아직 삶의 올가미에서 놓여나지 못했을까. 벌써 1년이 지났다. 가끔 선문답처럼 보낸 메시지가 또 떴다.

─선생님, 올봄은 세상이 온통 뒤숭숭합니다. 제 근황도 날씨조차도…… 보태어, 주변의 직원들까지도요. 아무래도 여름을 기다려야겠습니다. 그런데 과연 여름은 남아 있을까요?

이 무슨 말일까. 북한이 돌연 1호 전투태세를 발령하고 전시 상황을 선언해버린 탓에, 이쪽도 긴장의 끈을 놓지 못했다. 오랜만에 온 그녀의 소식을 생각해보았지만, 업무에 쫓긴 나로서는 그녀가 현재 처한 모습이나 상황을 그려낼 수 없었다. 이제까지 자기 자신의 신상에 관하여 내게 비춰준 바는 겨우 짐작할 수 없을 정도로 단편적이었으니까. 그렇다고 답장을 안 할 수도 없는 처지인지라, 뭔가 스마트폰의 자판을 찍어야 했다.

─가을이…… 겨울도 있지요. 세상은 늘 바다와 같아서 변덕스러우니까요. 또 살아있으니까, 느끼고!

금세 답신이 떴다.

─그럴까요? 어머 손님들이 온 모양이네요. 나중에요.

─아 예.

어쩌면 그녀의 생활은 침울하거나 막바지일지도 모른다. 송, 미, 강. 그녀의 이름이었다. 그녀는 이름처럼 수려한 모습은 아니었지만, 짧은 머리에 각이 진 턱을 빼면 원추리 꽃을 닮았다고나할까.

그녀를 만나게 된 것도 그랬다. 서울에서 버스를 타고 서너 시간을 달리는 동안, 그녀는 내 옆자리에 앉아있었다. 하나의 주검을 확인하기 위한 걸음이었다. 조선시대의 미라가 발견된 일이 몇 번 있었지만, 지방에서 사대부의 무덤이 발견된 일은 드물었다. 문화재청에서 주관하여 언론기자들은 물론, 각 해당 분야의 전문가들을 불러 함께 현장으로 가는 길이었다. 박물관, 교수, 복식관련자, 문화재연구위원 등 다양한 분야의 사람들이 거의 좌석을 채웠다. 내게는 정부의 문화관광적 측면에서 지자체의 요구사안을 보고서화 하는 일이 맡겨졌다. 광화문 조선일보사 앞에서 버스가 마악 출발하려는 순간, 헐레벌떡 올라온 여성이 통로 좌우를 살펴보다가 나와 시선을 맞닥뜨렸다. 잿빛 재킷을 입고 큼직한 밤색가방을 을러멘 여성은 내 옆으로 앉았다. 강변북로를 지나 한강다리를 건넌 다음, 내가 먼저 인사를 하며 명함을 건넸다. 그녀는 부드러운 말씨로 명함이 없다며 자기소개를 했다.

"전, 강남 금성병원에서 왔어요."

"병원에서도 이번 일하고 관련이 있습니까?"

내 질문에 그녀는 한참 뜸을 들이더니, 얼굴을 돌려 정색한 표정으로 대답했다.

"병원 장례부에서 일하고 있거든요. 혹시, 장례지도사라고 들어보셨는지요?"

내가 무르춤하면서 당혹한 빛을 보였는지, 그녀는 담담하게 말을 이어나갔다. 친정아버지는 살아생전 시신을 염습하고 장례의 일까지 맡아했다. 그녀도 대학교의 장례지도과를 수료하고 어찌어찌하여 장례에 관한 일을 하게 되었다는 것이다. 나는 그녀가 젊은 여성이라는 관점에서 헤어나지 못한 채 의아한 눈빛으로 자꾸 질문을 하게 되었다. 그런데, 내가 꺼낸 무슨 말이 짧게나마 그녀의 형편을 발설하도록 부추겼을까?

"선생님, 죽음은 신성하고도 혐오스러운 것 같아요. 대개의 사람들은 영혼불멸을 믿고 이승의 고단한 삶을 끝낸 영혼이 언젠가는 다시 새 생명으로 부활하기를 원하지요. 죽음이 또 다른 세계로 이어진다고 믿는 건 동서양이 다르지 않다고 합니다. 물론, 시대와 나라마다 달라서 매장埋葬, 화장火葬, 풍장風葬, 수장水葬을 하는 풍습이 있지만요."

"그건 저도 공감이 갑니다."

"그렇죠? 서양 사람들은 죽은 사람도 산사람처럼 목욕을 시키고 얼굴과 온몸에 깨끗하게 화장도 하여 관 속에 모신답니다. 전, 영혼을 믿는 시신들을 처리하는 그런 일에 종사하고 있구요."

나도 언젠가 누군가에게 그와 비슷한 이야기를 설핏 들은 바 있었다. 그러나 약간은 전문적인 용어가 섞인 구체적인 내용을 듣기는 처음이었다. 한참 듣고 나서, 나의 멍청이 같은 물음이 튀어나왔다. 우문현답이 따로 없었다. 아무래도 쉰이 넘어서부터는 가끔, 신경교란이 되는지, 두뇌의 전두엽과 행동거지가 일치되지 못한 일이 더러 생겼다. 그녀에게는 썩 유쾌하지 못할 아주 웃기는 물음이었다.

"직업적으로 난감하거나 어려운 일도 가끔은 있겠네요?

"세상에 쉬운 일이 있나요. 교통사고로 얼굴의 한쪽이 함몰되거나 육신이 떨어져나간 부분은 온전한 것처럼 꾸미기도 하죠."

"그럼, 유족들이 사례금을 많이 줘요?"

그녀가 훗훗 웃었다. 아! 그랬다. 그녀는 웃을 적에 입을 크게 벌렸고, 눈의 흰자위가 맑았다. 나 역시 긴장의 빗장을 풀었더니 그녀가 조금 더 가까이 다가온 것 같았다.

"그럼요. 좋은 사람들을 만나면 보람이 있지요."

그녀는 죽어있는 자들에 대하여 몇 가지 설명을 해주었다. 먼저 시신을 목욕시킨 다음, 솜으로 알코올을 묻혀 온몸을 구석구석 닦아낸다. 죽은 지가 얼마 되지 않은 시신은 몸이 굳어지기 전에 팔과 다리 등 수족을 주물러 반듯하게 하며 머리와 얼굴을 정리하게 된다. 이때 남자는 대개 면도로 얼굴을 깨끗하게 하나, 여자인 경우에는 입술과 눈 화장까지 정성스럽게 한다. 말이 화장이지, 까달스런 유족들은 살아있는 사람보다 더 아름답게 그려달라고 주문을 한다는 것이다. 그리고 시신을 입관할 적에 관 안에서 흔들리지 않도록 시신과 관 사이의 빈 곳을 누런 마포나 흰 한지로 꾹꾹 눌러 채워 뚜껑을 닫으며 끝나는 것 까지.

문득 어렸을 적에 섣달 그믐날 돌아가신 아버지 생각이 불쑥 떠올랐다. 주검에 대한 생각이 날 때마다 언제나 아버지의 마지막 모습이 떠오르곤 했다. 그것은 내가 처음 접한 죽은 자의 실체였으니까. 찬바람이 문풍지를 울리는 캄캄한 겨울밤. 남포등 불빛에 드러난 시신은 무명 한복에 두루마기를 입고 반듯하게 누워있었다. 나는 평소에 근엄하기 짝이 없던 아버지의 얼굴을 손바닥으로 만져보았다. 손바닥을 타고 차갑게 전이되는 기운은, 썰매를 타고 얼음지치기를 하던 산사람들과 달랐다. 뭔가 전혀 다른 세계의 물질끼리 접촉되는 기분이었다. 물론 삶과 죽음의 이질적 단절이 아이들에게 세뇌된 바도 있었을 터다.

그날 이후 아직까지 그녀를 만난 적은 없다. 그런데, 크리스마스 무렵이었던가? 한동안 미적지근한 바깥 날씨가 그 무렵에는 몹시 추웠다. 그때 나는 어떤 장애인 목사를 만나러 교회 주차장에서 막 걸어 나왔다. 바지주머니 속에 있던 스마트폰이 요란하게 진동으로 울리며 받기를 재촉했다. 송미강, 그녀였다.

"오랜만이에요, 선생님?"

"아이구, 오랜만입니다."

"잘 계시지요?"

"뭐 말씀하신대로 철밥통 아닙니까. 으허허허~"

그녀의 목소리는 왠지 여느 때와는 달리 힘이 없이 느껴졌다. 아마 생활에 감당하기 힘든 일이 발생했을지도 모른다는 생각이 머리를 스쳤다. 그러나 그녀는 이쪽에서 구체적으로 알려고 하는 낌새를 눈치챘는지, 묵묵부답이거나 딴소리로 비켜나갔다. 그때 마침, 교회 출입문 바깥으로 나와 서있는 목사가 눈에 보였다. 몸이 비틀린 목사의 모습이 미안하여 나는 애써 큼큼거리며 그녀의 전화를 끊었다.

    *

잠이 달아났다. 이제 잠은 정치망에 걸려들지도 쌍끌이 그물로도 잡을 수 없을 것이다. 한동안 나는 잠을 설쳤다. 단순히 잠자리를 바꾼다는 의미보다 통째로 거처를 바꾸었기 때문이다. 아니, 그보다는 옆구리가 허전하기 때문일지도 모른다. 나는 벽을 더듬어 스위치를 눌렀다. 불빛은 환하게 퍼져 어둠을 몰아냈다. 벽시계는 2시였다. 억지라도 자 두지 않으면 또 지각할 수도 있다. 그리고 늦잠에서 일어나 허둥지둥 출근을 서두르면 아침은 굶어야 했다. 그 다음에는 바로 구내식당에서 식판을 들고 점심을 먹게 되면 폭식할 게 자명한 일이다.

"밥은 꼭 챙겨 먹어욧!"

"문은 꼭 열어서 환기를 시키라구욧."

아내의 잔소리는 멀리 이곳까지 수시로 전화기를 타고 들어왔다. 어제도 오후에 코피가 터지고야 말았다. 휴지가 빨아들인 시뻘건 물기. 업무가 피곤해서 그럴 일은 아니다. 20년을 넘게 해오던 일이니까. 좁은 방의 산소가 부족해서 그런가? 지난 주에 서울 집에 갔을 적에도 아내는 아이들이 있는 자리에서 내게 면박을 주었다. 아내는 에둘러서 그랬을 것이다. 밀폐된 공간에서는 산소가 부족해도 코골이를 한다고. 아내와 살을 비비고 살아온 지 20년이 되었지만 우리 부부는 소통 부족의 부분이 더 늘어가는 모양이다. 서로의 입장을 알면서도 깊이 헤아리지 않으려고 하는 못된 버릇. 우리 부부는 앞으로도 여간해서는 눈빛으로만 상대방을 이해하기가 꽤 어려울 듯싶다. 세월이 가다보면 어떻게 되겠지. 그런 점에서 나는 너무나 막연한 편이다.

7급 공무원으로 출발한 나를 지금까지 군소리 없이 뒷바라지해준 아내였다. 과천청사에 있을 때만 해도 집안의 일은 낌새로 알아챘지만, 이제 집하고도 멀어졌으니 그마저 나의 소관을 떠나버린 듯했다. 작년 겨울에 군대가 이동하듯 수백 리 떨어진 세종시로 오게 되었다. 한동안은 버스로 출퇴근을 했다. 그러나 길바닥에 버린 시간은 그렇다 치고 몸이 도저히 견딜 수가 없었다. 중앙부서의 과장이 되기까지 외청을 비롯하여 몇 번의 발령으로 잠시 가족과 떨어진 적은 있었지만, 그때는 팔팔한 시기라서 그랬는지 별로 고통스럽지 않았다. 이제 몸조차도 쉰 중반에 이른 낫살은 감추기 어려웠다. 하여 유성 근처에 오피스텔을 얻었다. 갑작스레 기러기아범이 되어버린 탓에 한 동안 갈피를 잡지 못했던 것이다. 아내 역시 늦둥이인 막내가 고 3이니, 여간 시달릴 것이리라.

간밤에는 똑같은 처지의 동료와 삼겹살에 소주를 마셨던 터라 여의도에 가는 날이 더욱 피곤했다. 국회에 출석하는 장관의 답변 자료가 부실하면, 한방 먹는 일은 죄다 과장급들의 몫이었다. 시속 300킬로미터의 고속열차에 몸을 싣고 지그시 눈을 감았다. 휴대폰에서 금속성 음이 들렸다. 메시지가 떴다.

―이곳은 이제 벚꽃이 만개하기 시작합니다. 아무것도 필 것이 없는 저도 덩달아 아무거라도 피고 싶어집니다.

발신번호 옆에 찍힌 이름은 송미강이었다. 아니, 내게 고상한 듯 선문답처럼 이런 문장을 날려줄 사람은 그녀뿐이었다. 그녀의 문장은 허무와 슬픔 같은 것이 묻어있었다. 내가 서울로 향하고 있는 줄 그녀는 모를 것이었다. 뭐라고 답신을 찍어야 되나?

―간밤에는 술을 퍼마셨습니다. 벚꽃도 흐드러지고 말면 그뿐…….

뭐 얼른 이어져야 할 글귀가 더 생각나지도 않았다. 바로 뜨는 답신이 흔들리는 머릿속으로 회오리바람처럼 쏙 파고들었다.

―저도 술이라도 마시고 싶어요.

―예?

―ㅋㅋㅋ

―ㅎㅎ

덧붙일 문장이 달리 떠오르지도 않았지만, 때마침 옆 자리에 탄 직원은 금세 자신의 휴대폰을 건네주었다. 상급자인 국장의 전화였다. 내용 중 일부를 수정하여 장관께 보고를 드리라는 것이다. 그 후에도 그녀는 몇 번인가 전화를 한 적이 있었다.

    *

일행을 태운 버스가 발굴현장에 도착했을 때는 정오가 되기 전이었다. 대규모의 아파트를 짓기 위해 야산을 깔아 뭉기다가 발견된 시신이었다. 조금 전까지 울렸을, 컴프레셔의 굉음과 해머와 드릴이 딱딱한 물체를 두드리는 소리는 멈춰있었다. 사람들은 가림막이 쳐진 안으로 들어갔다. 나도 군청에서 나온 담당직원과 그들을 뒤따랐다.

5미터 아래쯤 흙구덩이 속에는 회반죽이 굳어진 구조물이 드러났다. 물 빠짐이 좋은 황금빛 마사지층이었는데, 회격灰隔 직사각형 구조물 안의 나무관은 함몰되고 썩어 파편으로 떨어져 있었다. 미라의 퇴색된 머리털은 살아있는 사람과 별로 다르지 않았다. 피부 또한 검게 변했을 뿐 꽤 탄력이 있어보였다. 붉은색과 거무튀튀한 초록색 비단으로 된 염습의殮襲衣를 입은 여성은 155센티 정도의 키였다. 다만, 상반신은 완전했으나 허벅지 아랫부분이 뭉개져있었다. 배가 푹 꺼졌지만, 복근이 두껍고 지방층이 있는 상태라 보존 상태는 비교적 괜찮았다. 윗니와 아랫니, 콧날, 손발톱 모양까지는 남아있었으나 마로 만든 염포나 면으로 수습했을 버선 따위는 이미 삭아버렸는지 형체조차 없었다.

나는 혼백이 증발한 여인의 껍데기를 한참동안 내려다보았다. 눈구멍조차 움푹 패여 말라버린 육신은 수백 년 전의 흔적만 거뭇거뭇 묻어있었다. 그건 시간을 떠난 매미유충이나 뱀 따위가 벗어놓은 허물들과 별 다를 바 없었다.

"내관 덮개에 써진 글과 명정의 내용을 보니 조선 중기 사대부 집안으로 보입니다."

흙구덩이 속으로 들어갔다가 나온 뿔테안경을 쓴 대학교수가 카메라 플레쉬를 터뜨리는 기자들을 바라보며 말했다. 내 옆에서 수첩을 꺼내들고 뭔가를 적고 있는 그녀도 귀를 기울였다.

"부검하여 MRI(자기공명영상)나 CT촬영을 해봐야 정확하게 나오겠지만, 미라의 배 부분이 주름지고 가라앉은 것 같아

임신부일 가능성도 배제할 수는 없습니다. 아무튼 보존상태가 생각보다 여러모로 양호해서 각 분야별로 연구하면 좋은 성과가 있을 것으로 보입니다."

발굴추진단장인 박물관장이 성긋한 머리를 매만지며 말을 이었다.

발삼Balsam향 액체로 보존한다는, 금수산궁전에 안치된 미라들이 생각났다. 영원히 썩지 않을 시신이 있을까. 시간과 함께 하지 못할 미라들이라?

*

비가 오다가 그쳤다. 가을빛이 들어 그림자들의 길이는 점점 더 길어졌다. 광화문종합청사에서 일을 보고 서울역에서 고속열차를 탔다. 집에 잠깐 들르지도 못했다. 혼자였다. 속도를 앞지른 석양빛이 치근덕거리며 차창을 뚫고 들어왔다. 나는 플랫폼 매점에서 사온 삼각김밥을 풀어 씹으며 우유로 삼켰다. 어줍은 에너지가 뱃속에 들어가자 슬슬 졸음이 밀려왔다. 하긴 졸음이 밀려오지 않았으면 지루할 것이었다. 되풀이되는 풍경이 스치는 일은 그다지 호기심을 유발하지 못하니까. 다만 똑같은 거리와 시간이라도 생각에 따라 마음의 잣대가 생경함을 가져오기도 했다. 피곤한 사람들도 속도에 흔들리면서 고개를 떨어뜨린 채 눈을 감았다. 그러나 잠은 따라오지 않았다. 평택의 넓은 평야를 달리고 있었다. 얼굴 모습조차 아리아리한 송미강이 불쑥 떠올랐다. 궁금해진 나는 화면에 손가락으로 긁고 자판을 눌렀다.

　─나무 우듬지가 머무는 9월입니다. 그늘 속의 바람처럼 청량한 마음 되세요.

　기다렸다는 듯 금방 답신이 떴다. 나는 그녀의 주변상황을 떠올리지 못했다. 발굴현장에서의, 혹은 버스 안에서 졸다가 내게 머리를 기댔던 그 정황의 이미지뿐이다.

　─수런거리며 파고드는 가을바람, 다음 생이 있다면 미물보다 더 가벼울 그 청량한 바람이었으면 싶습니다.

　─세상만사 어지러운 늪이지요.

　─저도 어지럽고요.

　─힘들어도 자연의 소멸이어야 합니다.

　몇 시간이 지났건만 답신은 감감했다. 하긴, 언제나 그녀가 나와 메시지를 한차례 주고받은 횟수는 길게 이어지지 않았다. 기껏 해봐야 서너 번이면 그만이었으니까. 그녀는 자신의 말대로 여전히 죽은 자들의 몸을 닦거나 다듬어서 밥을 만들고 있을까. 타인의 슬픔을 빌려 내 고통을 극복하려면 이기적이어야 했다.

　버스가 현장에 거의 닿을 무렵, 그녀가 그랬던가?

"가족과 오랫동안 떨어져 계시면 힘드실 텐데요."

"글쎄요. 제 맘대로 할 수없는 상황이니……"

"저도 선생님과 비슷해요. 그러면 기러기 엄마가 되나요? 후후훗."

왠지 그녀의 웃음소리는 내게 공허하게 들렸다. 시선이 마주쳤을 때 그녀의 얼굴에서 잠깐 어두운 빛이 어렸던 것을 떠올렸다.

어제까지 살았던 거대도시의 사람들도, 다른 곳으로 거처가 옮겨지니 이방인처럼 낯설었다. 지하철의 칸칸마다 앉아있는 승객들은 모두 스마트폰과 놀고 있었다. 오랜만에 지하철을 타고 승객들을 훑어보니 늙은이들의 수효가 훨씬 더 늘어난 것 같았다. 더욱 늘어나겠지. 사는 일이 힘들어 결혼을 미루고, 아이들은 줄어들며 젊은 사람들은 시나브로 늙어가니까.

전동열차의 진동이 스마트폰의 진동을 감추었나보다. 주머니에 들어있는 스마트폰을 눌러보니 메시지 서너 개가 와있었다.

─이 눈부신 날, 저는 거울 앞에서 허무를 닮은 흰 머리카락 한 올을 뽑아냅니다. 반짝 눈물도 납니다.

어럽쇼. 이 무슨 청승일까? 나는 그녀의 조각난 이미지들을 머릿속에서 건져보았다. 뭔가 심각한 일들이 그녀를 계속 지배하고 있다는 생각이 스쳤다. 그냥 슬픔이나 막연한 허무에 얽매여 보낸 메시지는 아닐 듯싶었다. 나 역시 뇌리에 파닥거리는 몇 글자를 찍었다.

—이제 가을의 그림자도 길어집니다. 이상의 푯대가 높으면 삶은 더욱 팍팍하게 왔었답니다. 어느 누구라도 석양은 있는 법. 찬 서리 맞은 가을꽃도 아름다움은 있겠지요. ㅎㅎ

—사람의 늙어감도 지는 석양처럼 단풍처럼 곱고 그윽했으면 좋겠습니다. ㅎㅎ

어쩌면 타인에 대한 위로가 내 속에 스멀거리는 답답함을 다독이는 의미였을 것이다. 나는 좀 더 솔직해져야 하지 않겠는가. 그녀와 인연이 애매모호한 상태로 처박혀버린 일은 나의 잘못이다. 전동차는 벌써 시청역을 지났다. 나는 곧 서울역에서 내려야겠기에 그녀가 보낸 숙제를 씹었다.

    *

사월의 해저물녘 공기는 서늘해졌다. 발굴현장에 온 사람들은 갖가지 자기분야의 방식대로 조사하거나 취재했다. 나는 뒤를 졸졸 따라다니던 군청직원이 건네주는 두툼한 서류와 사진들을 받았다. 딱히 내가 보완하여 추가로 조사할 일은 없었다. 그만하면 보고서를 충분히 만들고도 남을만한 자료였다. 한참 후 그녀가 현장 바깥에서 두리번거리더니 나를 발견하고 걸어왔다. 내가 말문을 열었다.

"일은 다 마쳤습니까?"

"네, 제 일은 다 했구요, 아는 교수 한 분을 만났는데, 필요한 자료를 부탁해두었어요."

군청직원이 어리둥절한 표정으로 그녀와 나를 번갈아보았다. 군청직원은 무슨 생각을 했는지 짐짓 모르는 척 눈을 내리깔며 딴청을 부렸다. 그리고 버스가 떠나려면 아직 2시간 쯤 남았다며, 우리를 공사장 근처에 있는 매점으로 안내했다. 한쪽에는 편의점마냥 각종 일상용품들을 팔고 한쪽은 식당이었다. 매점 뒤 바깥은 제법 넓었다. 둥근 테이블들과 의자까지 놓여있었다.

"과장님? 아직 시간을 기다리셔야 할 테니, 뭐 좀 드실 것을 좀 사오겠습니다. 밖에 앉아계십시오."

나는 그를 제지하려다 말고 뒤로 물러섰다. 상급기관에서 온 사람이 너무 깐깐하게 보이는 모습도 그다지 좋은 편은 아니라는 생각이 들었기 때문이다. 군청직원은 몇 차례 와본 듯 자신만만하게 매점 안으로 들어갔다. 직원이 비닐봉지에 가득 든 깡통맥주 여섯 개와 음료수 따위를 둥근 테이블 위에 쏟아 놓았다. 합성수지의자에 앉은 그녀는 내가 권하기도 전에 깡통을 집어 들었다. 나 역시 갈증이 난 탓인지, 순식간에 한 개를 비웠다. 직원이 몇 마디 실실거리다가 조심히 가시라며 일어섰다. 아마 제 딴에 눈치껏 자리를 피해주는 행위일 터였다.

사방은 점점 어둑어둑해졌다. 별들이 반짝반짝 돋아나고 있었다. 그녀는 전등불이 켜진 발굴현장 쪽을 흘깃 바라보더니, 부드럽게 가미된 오징어를 찢어 잘근잘근 씹었다.

"그분이 너무 많이 사오셨는데, 이걸 다 어쩌죠?"

"마시는 데까지 먹지요 뭐."

빈속에 급히 마셨더니, 취기가 약간 올랐다. 나는 또 다른 깡통의 손잡이를 잘못 뜯어 한참 동안 헤맸다. 이윽고 그녀가 건넨 열쇠 끄트머리가 주둥이의 구멍을 뚫었다. 맞은편에 앉은 그녀를 쳐다보자, 그녀는 재빨리 고개를 돌리며 뒤쪽 아파트건설현장을 보는 듯 딴청을 부렸다. 어쩌면 깡통을 잘못 따서 낑낑거릴 동안 계속 내 모습을 주시했을 것 같은 생각이 들었다. 그녀도 두 번째 깡통을 끌어당겼다. 고개를 돌려 가림막이 쳐진 현장 쪽으로 고개를 돌리며 마른안주를 잡으려고 내가 손을 뻗쳤다. 그런데, 손에 뭔가 닿아 물컹한 느낌이 들었다. 그녀의 손등을 잡아버린 것이다. 앗! 나는 순간, 당황하여 고개를 돌리며 포개진 손을 떼려했으나 오히려 그녀가 다른 손으로 덮어버리는 게 아닌가. 그녀와 내 눈빛이 멈칫거리며 서로를 뚫어지게 바라보았다. 한참 후 그녀는 손을 슬그머니 빼며 가볍게 웃더니, 깡통을 들어 건배를 제의했다. 만남을 위하여!

버스에 탄 승객들은 올 때보다 훨씬 줄었다. 승용차편으로 갔거나 일부는 밤새도록 현장작업을 계속 할 모양이었다. 이번에는 그녀가 차창 쪽이고 내가 통로 쪽이었다. 고속도로는 달리는 차량들의 불빛으로 이어졌다. 실내는 어두웠다. 몇 마디 말을 거들던 그녀가 조용해졌다. 어깨가 무거웠다. 샴푸냄새가 콧속을 헤집고 들어왔다. 어느새 그녀의 머리가 무게중심을 이기지 못한 채 내게로 기대었다. 버스가 서울에 도착할 때까지 그녀는 비몽사몽이었다. 어둠 속에서도 시간은 지나가고 있었다. 속도는 시간을 이길 수 있을까. 모두 버스에서 내렸다. 서로 바쁜 것처럼, 커피 한잔을 더 마실 여유가 없이 헤어진 것을 염두에 두었을까. 그녀가 먼저 말문을 꺼냈다.

"오늘은 너무 고마웠습니다. 선생님! 요 다음에 기회를 만들어서 빚을 갚을게요."

"무슨 말씀을!"

언젠가 한번 그녀의 꿈을 꾼 적이 있었다. 발가벗은 몸으로 머리를 산발한 웬 여인이 나타났다. 시체처럼 창백한 얼굴로 내게 슬슬 다가온 여인은 송미강! 바로 그녀였다. 아랫도리는 흐릿하니 안 보였다. 나는 피하려들고, 그녀는 자꾸만 가까이 다가오려 했다. 그녀는 어느새 일그러진 얼굴로 비웃는 표정이었다. 그리고 중동무니가 끊어진 말로 내게 물어왔다.

─백년 후가 무슨 의미가 있을까요?

─숙명은 거역할 수 없고, 육신의 한계는 언제나 자자손손을 연장하려 들었을 겁니다.

여인은 아주 냉정할 정도로 침착하고 피가 묻은 야무진 입술을 달싹이며 다시 말을 뱉었다.

─이제는 모든 것이 귀찮아졌어요. 죽은 다음의 세상을 미리 예견하는 일 따위조차 아주 우스워요.

─내일에 대한 불확실 때문에 우리는 현실을 생각합니다.

─말 같지 않은 소리! 당신은 아무짝에도 쓸모없는 멍청이에요!

전혀 다른 여인의 모습으로 변한 그녀가 화를 내며 앙칼지게 소리를 질렀다.

이 무슨 해괴한 꿈인가. 온몸이 식은땀으로 멱을 감았다. 눈을 뜬 나는 방광에 가득 찬 오줌을 참지 못해 일어났다. 쏴아! 하고 쏟아지는 좌변기의 물살처럼 먹먹한 꿈의 이미지들은 조각조각 흩어져버렸다. 나도 별 수 없이 동력이 떨어진 몸의 어떤 부분부터 슬슬 무너지고 있었을 거라. 하긴 어머니의 자궁을 빠져나와 세상의 빛을 쏘일 적부터 몸은 삭아지고 있었던 게 분명해. 이불을 뒤척거리며 다시 잠을 청했지만, 의식은 어둠 속을 떠돌아다녔다.

*

눈발이 흩날리며 딱! 딱! 고속열차의 차창을 가볍게 때렸다. 눈송이들은 물체의 속도에 튕겨나가면서 소리를 질렀다. 문득 그녀가 떠올랐다. 어쩌면 나와 그녀는 스마트폰과 이상한 삼각 관계로 엮어진 것 같았다. 더듬거리며 손가락으로 자판을 찾았다.

─순백의 숲을 뚫고 열차는 달립니다. 별이 총총했던 그때가 해 저문 날처럼 아련하네요.

─내 시야는 앞만 보게 설계된 줄 알았는데, 요즘 자꾸만 뒤를 보며 추억, 회한, 뭐 그런 곳에 가 머뭅니다. 늙어가는 대열에 합류하며 그렇게 오도 가도 못하는 저는 그냥…… 있습니다.

그녀 역시 여전히 나처럼 일상의 덫에서 발을 빼내지 못한 상태인가. 로또복권에 당첨되거나 돈 많은 늙은 남자 따위라도 별똥별처럼 다가오지 못한 모양이었다.

─서울에 출장을 왔는데, 날씨 때문에 바로 가야 할 것 같네요.

─눈이 내리시네요. 돌아가시는 길, 눈 내리는 풍경을 차 안에서 감상하세요…….

펄펄 눈이 내리더니 바깥은 어느새 하얀 수건을 둘러쓰고 있었다. 이제는 그녀의 이목구비조차 어슴푸레하게 뒤로 밀려 갔다. 이 추운날씨에도 **빳빳**하게 굳어버린 시신을 닦아내고 화 장시켜주는 일 따위를 꾸준히 해내고 있을까. 하긴, 그녀의 행 동거지를 실제로 본 바가 없었으니 막연한 그림만 둥싯둥싯 떠 오르다가 사라질 뿐. 아무리 나를 더듬었으나 까마아득한 기억 조차 바릇바릇 떠오르다가 꺼졌다. 도무지 나의 상상력도 한계 에 부딪치고 만 것이다. 자아에는 욕망과 거짓이 혼재하기 때 문일까. 감정의 쓸데없는 절제력이 소통을 방해하고 있는 것은 아니었을까. 더 이상, 그녀와 장난처럼 메시지를 주거니 받거 니 하는 일은 이제 무모하지 않을까싶다. ★

내가 물었다

희뿌연 하늘이 걷히고 닫기를 되풀이했다. 내몽고로부터 황사바람이 몇 차례 지나가면서 계절은 또 바뀌고 있었다. 봄은 잠시 머물렀다가 무더운 여름이 될 것이다. 5월 초순이었다.

내 직장의 형편도 세상과 맞물려있다. 협회의 사정이 어렵다면서 직원을 줄이겠다는 통고를 받았다. 누구를 원망하고 자시고 할 까닭은 없었다. 굳이 따지자면 처음부터 미적미적 대충대충 살아온 내 탓도 있었다. 여태껏 살아오면서 내 자신을 어떻게 간수하여 끌고 가야할 지를 몰랐던 것이다. 하긴, 이런 상태에서는 살아가는 어떤 의미를 굳이 찾아야 할 이유조차 있을까만.

계절은 이러하거늘, 몸을 호시탐탐 엿보던 독감을 막지 못하여 약을 먹었다. 나는 어질어질한 머리를 흔들며 집을 나섰다. 아침 일찍 출발한 전세버스가 서울 시내에서 시간을 허드레 잡아먹었다. 겨우 고속도로를 달려 국도로 접어든 안내판을 지나서도 한참이었다. 해발 1,000미터가 넘은 산봉우리들이 여러 갈래로 뻗어있었다. 산과 강은 언제나 이쪽과 저쪽의 경계를 이루었다. 경계는 사람살이를 나뉘었다. 깊고 그윽한 산맥의 웅혼한 봉우리들이 연결된 백리길 주능선이 한눈에 보였다. 험준한 산 어딘가에 비운의 왕이 마지막 피난처로 점찍어 둔 곳이 있다는 것이다. 산의 서쪽 기슭에는 천년고찰 운봉사와 서남쪽 산자락에는 백진암이 있었다.

오후 2시가 넘어서야 겨우 혜민원 주차장에 도착했다. 산자락의 아늑한 곳에 건물들이 드문드문 숨어있었다. 북한에 살다가 난리를 피하여 남한으로 내려온 한 사내가 이룬 결과물이었다. 일정시절 독립운동을 했었다는 사내는, 여러 곳을 돌아다니다가 마침내 산 첩첩한 이곳에서 자리를 잡았다는 것이다. 그는 수십 년간 집념으로 한방과 민간요법으로 가난하고 병약한 환자들을 구했던 터였다. 오솔길 고샅에는 의술을 후세에게 물려주고 세상을 떠난 그가 죽장을 짚고 긴 수염의 노인얼굴로 먼 산을 바라보는 동상이 있었다.

건강협회는 한약업종에 간여하는 사람은 물론, 침술이나 민간요법에 관심이 있는 사람들이 모인 사단법인이었다. 나는 협회의 잡지를 편집하는 일 말고도, 협회의 행사 때마다 도우미로 따라다녀야 했다.

세미나는 오후 늦게야 진행되었다. 그 노인의 아들은 구레나룻이 자란 반백머리로 갸름하고 온화한 얼굴이었다. 그가 회원들에게 암과 투병하는 환자들이 죽염을 통하여 민간요법으로 치유된 과정을 설명했다. 죽염의 효능과 효험을 본 환자들의 사례를 들었다. 그리고 병든 사람의 몸을 고치는데 현대의학보다 자연으로 치유에 접근한 방법을 강조했다. 천일염을 대나무를 잘라 만든 통속에 다져넣고 황토로 봉한 다음, 장작불에 구워 돌처럼 굳어진 소금 기둥을 빻아 다시 대통 속에 넣고, 굽기를 9번이나 구워서 펄펄 끓는 쇳물처럼 흘러내리는 결정체를 식히면 돌처럼 굳어진 결정체를 빻아 죽염이 된다는 것.

죽염의 성분이 몸을 정화시킨다는 요지였다. 한 시간 정도의 강의가 끝났다. 사람들은, 죽염을 통하여 마늘, 쑥, 황태, 홍삼, 홍화씨 따위의 토종 식재료로 만들어 전시된 여러 가지 약재를 돌아보았다. 일행을 뒤따라가다가 고개를 돌린 사내와 눈이 마주쳤다. 형형한 눈빛이었다. 사내가 강의 마지막에 한 말이 다시 떠올랐다. 우주의 마음을 가질 때에 병이 고쳐지고 인생도 바뀝니다, 라고 했을 적에 누군가 빈정거리는 말을 내뱉었다. 아이구야! 내 맘을 나도 모르는데, 우주씩이나? 옆에서 킥킥 웃었다.

달이 둥실 떠 밝았다. 나는 구내식당에서 저녁을 먹고 바깥의 벤치에 앉았다. 몇몇 사람들도 잠들기 어려웠는지 도란도란 이야기를 나누고 있었다. 달빛은 첩첩산봉우리들을 신비롭게 드러내 보였다.

둥근달이면 음력으로 보름쯤일 것이다. 계수나무 밑에서 토끼가 떡방아를 찧는 모습이 보였다. 우리는 언제나 달의 앞면에 분화구가 어둡게 드리워진 면을 볼 뿐이다. 추석달이 정월 보름달보다 작게 보이는 까닭이 타원형으로 공전하는 달과 지구의 거리 때문이라고. 시간은 인간을 초조하게 만든다. 시간은 공간의 변화와 더불어 나의 수명과 죽음을 설정한다. 흘러가는 시간 속에 고통과 작은 희망은 교차할 뿐인데, 나약하기 이를 데 없는 나는 무엇을 기다리는가.

깊은 산속의 서늘한 기운을 느끼며 나는 다시 온돌방으로 돌아왔다. 누워있는 여럿 사이로 들어가 누웠다. 몸이 풀리며 스르르 잠이 들었다. 오래 전에 살던 집 같았다. 어렸을 적 대청마루에서 사랑방으로 들어가려는 사람이 바로 나였다. 갑자기 방문이 여닫혔다. 아무 사람도 서성거리지 않았는데, 방문 두 짝이 동시에 움직이다니. 아무리 둘러봐도 사람은커녕 쥐새끼 한 마리도 없는데, 귀신이 여는 것처럼 창호 문들이 열렸다가 닫힌 것이다. 그때 홀연히 흰옷을 입은 사람이 나타났다. 얼굴의 이목구비도 없이 형상만 그림자로 보일 뿐이었다. 남성인 듯했다. 흰옷을 걸친 그 허수아비 같은 것이 점점 내게로 슬슬 다가왔다.

나는 하도 무서워서 냅다 소리를 질렀다. 그러나 악을 쓰고 용을 썼건만, 입도 몸도 반죽된 콘크리트 속에 처넣어 굳어진 것처럼 옴짝달싹할 수가 없었다. 한참을 그렇게 빠져나오려고 안간힘을 썼다. 그때 누군가가 내 몸을 흔들어 깨웠다. 나는 악마의 손에서 놓여난 느낌으로 그제야 눈을 떴다. 꿈을 깨고 나니, 땀으로 등짝이 축축했다. 눈을 떴다. 머리가 빠개질 듯 아팠다. 혼몽한 몸을 흔들며 정신을 차리려고 애를 썼다.

"최 과장? 뭐라고 누굴 부르는 것 같던데…… 혹시 악몽을 꾸지 않았소?"

종로에서 홍삼가게를 하는 추 사장이 걱정스런 얼굴로 나를 내려다보고 있었다. 나는 좀 창피한 생각이 들었다. 간밤에 몇몇의 틈에 끼여 감기몸살임에도 술을 마셨던 때문이었을 것이다. 창밖에서 미세한 빛이 어른거렸다. 방 안은 어두컴컴했다.

나는 일어나 앉았다. 추 사장을 포함한 일곱 명의 회원들이 넓은 온돌방에서 이리저리 엇비슷하게 누워있었다. 누워있는 사람들을 내려다보던 나는 다시 잠들기가 주저했다. 그 악몽이 또다시 나를 괴롭힐까 염려되었던 탓이다.

아침밥을 얼큰한 북어국물에 말았다. 우리를 태운 버스는 동남쪽으로 틀었다. 햇덩이는 점점 높이 떠올랐다. 버스는 굽이굽이 험한 삼신산의 길을 돌아내려갔다. 작은 읍내의 군청 앞에서 버스가 멈추더니 여성안내자를 태웠다. 읍내를 지나 우리를 내려놓은 곳은 태림 숲이었다. 햇볕이 쨍쨍했다. 눈부신 햇살이 신록의 자태를 화려하게 드러냈다. 5월치고는 약간 더운 날씨였다. 나는 카메라가방을 차 안에 놔두고 마시던 생수병만 달랑 들고 내렸다. 총무 노릇을 하게 된 김 부장은, 회원들에게 2시간 내에 빈터 앞까지 오도록 했다. 넓은 주차장에는 우리말고도 대형버스들이 여러 대 있었다. 울긋불긋한 차림의 관광객들이 흩어져 다녔다.

회원들은 여러 명씩 떼를 지어 군청에서 나옴직한 여성안내자를 따라다녔다. 관광객들이 듣거나말거나 여성관광해설사가 열심히 종알댔다. 이 지역은 해운선생과의 역사적인 관계를 떼어놓고 생각할 수 없으며, 아름답게 가꾸어놓은 숲은 선생께서 이 고을의 태수로 왔을 적에 조성한 곳이라고. 그는 굶주리는 백성들을 위해 홍수와 가뭄을 넘기도록 농사일에 관한 일부터 손을 댔다. 둑을 쌓아서 수로를 정비하고 나무를 심어 물을 다스렸다는 것이다. 오래된 굵은 나무들이 십리 길도 넘게 숲을 이룬 옆으로 맑은 개울물이 흐르고 있었다. 나무들은 천년 넘게 자손을 번식하듯 그대로 종을 유지하고 있었다.

"최 과장님? 눈으로 보면 다 아는데, 저 여자는 웬 잔소리가 저렇게 많아요? 우리 그냥 한 바퀴 돌아봅시다. 내 어디 관광지라도 안 가본데 없지만 돌다보면 다 알게 되더라고요."

배불뚝이 추 사장이 불만스럽게 내뱉은 말에 나는 고개를 주억거려주었다. 담배를 피워 물던 내게 추 사장이 손을 내밀었다. 한 개비를 빼주면서 내가 토를 달았다.

"담배 피고 죽염 먹으면 어떻게 되죠?"

"아이고, 뭐 먹고 죽은 귀신은 낯짝도 좋다고 했어."

서로 얼굴을 보며 웃었다. 회원들은 삼삼오오 흩어져 물이 흐르는 옆의 오솔길을 따라 걸었다. 나는 물을 많이 마신 탓인지 오줌이 마려왔다. 미처 그 생각을 못한 탓으로

"화장실이 어디 있지요?" 라고 내가 묻자,

"아까 일을 보지 그랬어요. 아참 그리고 잠깐만!"

앞장서 가던 추 사장은 우뚝 서며 혀를 끌끌 차며 두리번거

리더니 다가왔다. 그리고 귓속말로 한 마디를 툭 던졌다.

"회장이 학교후배를 총무부장으로 데려왔다며? 학연, 지연도 없는 놈은 별 수 없는 세상이구먼."

동정하는 의미였겠지만, 방광이 차오를수록 내 곁을 스쳐가는 아름다운 풍경조차 별로였다. 걸음은 점점 더뎌 가는데 화장실은 눈에 안 띄었다. 아무래도 어딘가에 가서 당장 소변을 보아야할 듯싶었다. 나는 주변을 살폈다. 사람들이 오고갔다. 여성들이 삼삼오오 떼를 지어 다니며 지껄였다. 길에서 길이 갈라졌다. 갈라진 길은 좁았고, 숲은 울창해서 등 뒤는 점점 더 가맣게 멀어졌다. 그쯤이라면, 맘 놓고 오줌줄기를 내뿜어도 될 것 같았다. 그렇지만 나는 금방이라도 어디선가 인기척이 들릴까봐 한걸음씩 더 앞으로 걸어갔다. 간간히 작은 동산들이 나타나곤 했다. 가끔 멀리서 사람들이 큰소리로 웃거나 말소리가 들리는 듯했다. 고목들의 그늘과 작은 나무들이 어우러져 주위가 어두웠다. 동산을 휘돌아 나가는 자락이었다. 나는 까만 등산바지의 지퍼를 내리고 물건을 꺼냈다. 띵띵한 물건이 누런 물줄기를 시원스럽게 뱉어냈다. 지퍼를 올리며 주위를 살펴보았다. 아무도 보이지 않았다.

머리가 띵했다. 어지러웠다. 그런데 뭔가가 눈에 띄었다. 수풀과 키 작은 나무들은 돌무더기를 거머쥐고 있었다. 단단한

화강암이었다. 돌들은 누군가 일부러 책들을 차곡차곡 쌓은 듯 인공의 흔적 같았다. 나는 다시 되돌아나갈까 말까 망설이다가 고개를 갸웃거리며 그것을 찬찬히 들여다보았다. 겨우 사람의 몸을 구부리고 들어갈 만한 구멍이 보였다. 돌들이 무너져 내려 허름하게 만들어진 구멍은 아니었다. 순간, 뇌리에는 발굴된 왕릉이나 피라미드의 입구가 떠올랐다. 표가 나지는 않으나 일정한 규격으로 쪼아 만든 돌들을 규칙적으로 쌓은 것이 분명했다. 나는 더 가까이 다가갔다. 그리고 그 안을 들여다보았다. 한참을 들여다보고 있노라니 안쪽의 어둠이 밝아지는 느낌이었다. 나는 마치 주문에라도 걸린 것 마냥 안으로 발을 들여놓았다. 그리고 라이터를 켜서 비쳐보았다. 동굴 안으로부터 습하고 차디찬 기운이 내 살갗을 감겨오며 핥았다. 바닥은 딱딱했으며 몸을 구부리지 않고도 머리끝이 닿지 않았다. 지층으로 편입되지 않은 공간이었다. 굴 안은 휘어지며 생각보다 넓고 깊었다. 이상한 것은, 라이터의 불을 껐어도 안은 차츰 어슴푸레하게 밝아왔다. 얼마나 걸어갔을까. 수십 미터 쯤 들어온 듯싶었다.

굴 안은 점점 넓고 더 밝아졌다. 둥근 모양의 넓은 터가 나타났다. 촛불들이 공간을 드문드문 비췄다. 눈을 잡아끈 형상은 사람 같아 보였다. 아니, 사람이 분명했다. 누군가가 등을 보이며 의자에 앉아있는 모습이었다. 나는 순간, 온몸에 소름이 돋으며 굳어졌다.

― 거기 누구세요?

등을 돌리며 얼굴을 보인 건 사극 드라마에서나 봄직한 차림의 남성이었다. 나는 두려워서 발길이 떨어지지 않은 채 그를 내려다보았다. 머리에 검은 복두를 쓴 그는 넓고 긴 소매의 누런빛의 단령포를 입었다. 흡사 벼슬아치의 모습이었다. 한참 침묵이 흘렀다.

― 여기까지 온 것도 인연인 모양인데, 이왕 왔으니 좀 쉬었다가 가도 무방 하리다. 거기 앉으시오. 얼마 전인가, 쫓기며 들어온 사람보단 여유롭구려.

― 저 말고도 또 누가 여길 왔었다고요?

― 모두 다 전생의 인연이 아니겠소.

― 어떻게 생긴, 무슨 사람이었는데요?

― 그게 무어 궁금할 일이요? 자신의 입으로 빨치산이라고 합디다. 동족끼리 서로 죽이고 피를 보던 그 무모한 시기였던가보오. 한 때 이곳은 그 쫓기던 사람들의 마지막 피신처였으니까.

온화한 미소가 흐르면서도 턱선이 강한 얼굴이었다. 의자에서 일어선 그가 허리띠를 두른 채 목화를 신은 발걸음을 옮기더니 찻잔과 주전자를 들고 다가왔다. 그는 다시 앉아서 나를 뚫어지게 바라보았다. 나는 괜히 저어하며 나무를 잇대어 만든 의자에 앉았다. 찬찬히 곁눈질로 보니 굴 안은 바깥과 달리 방처럼 회벽을 칠한 듯 깨끗했다. 한쪽으로 상형문자 같은 것이 낙서처럼 씌어져있는 것 외에 별 생활용품 따위는 보이지 않았다.

동굴 안이 눈에 익어지자, 사물의 윤곽은 점점 확실히 드러났다. 그는 눈이 치켜 올라갔고 수염을 길렀어도 얼굴에 그다지 주름살이 없었다. 잘해봐야 쉰 후반 정도였다. 그렇지만 그 모습은 왠지 노인 같은 느낌이 들었고 행동마저 예사롭지 않았다. 그가 말없이 내 앞에 놓인 찻잔에 주전자를 기울였다.

―어르신은 혼자 사세요?

내가 물었다. 마땅한 호칭이 없었던 터에 용케 튀어나온 말이라, 그를 살폈다. 그는 개의치 않았는지 대꾸했다.

―누구나 혼자가 아니겠소.

나는 찻물을 홀짝이다가 벽을 가리키며 물었다.

―아무도 보지 못할 곳에 글을 왜 적어놓으셨나요?

노인이 대답했다.

―글자란 뭐겠소? 기록을 위하여 생긴 표시 아닌가요. 물론, 누군가가 다시 볼 수 있다면 더할 나위가 없이 좋은 거지

만······.

내가 다시 물었다.

—그러니까, 누군가가 보아주리라고 생각은 하신다 이 말씀
이지요?

노인은 반백으로 돋아난 턱수염을 손가락으로 쓰다듬었다.

—혹여, 진실이나 희망 따위가 남아있어서 뭇사람들에게 전
달된다면 오죽이나 좋겠소.

나는 또록또록한 노인의 말이 헷갈리면서도 귓속으로 박혀
왔다. 희미했던 동굴 안이 조금씩 더 밝아지는 것 같았다. 어쩌
면 내 눈이 어둠 속에서 길들어진 까닭에 더 예민하게 반응하
는 것인지도 몰랐다. 생소한 어떠한 것들도 시간이 지나면 낯
익어지고 길들여졌으므로.

—그림도 그렇고, 글자도 그런 거지. 이제는 목소리와 모습
까지 기록이 되어버린다지 않소. 인간들이 점점 진실어린 감정
을 더 지녀야 할 터인데, 아직 그러질 못하는 걸 보면 그 놈의
탐욕 때문일 거요.

촛불이 가물거리다가 다시 꼿꼿해졌다. 양초의 기름은 만수
위를 넘어섰다. 촛농이 눈물처럼 좌르르 흘러내렸다. 까만 심
지가 길어지며 촛농을 다시 머금었다. 불꽃은 순간, 의식을 잃
고 까무러칠 뻔했다. 바람이 불꽃을 후~하고 불었던 것은 아니

었다. 촛불은 바람이 아니더라도 스스로 울컥 치미는 힘에 의해 꺼질 수도 있었다. 흔들리다가 다시 일어서는 불꽃을 나는 물끄러미 바라보았다.

　─아주 먼 옛날사람들이 그렸던 그림들 말이요. 동굴벽화라고 부르는 그 잘 알 수도 없는 이상한 그림들……. 그게, 그때 살았던 그 사람들의 말소리지. 그들이 표현했던 바를, 지금 우리가 잘 알아볼 수가 없으니 그 사람들의 생각과 마음을 짐작만 할 뿐이지. 가령 사냥을 잘 해서 배불리 먹었다거나 신에게 감사하다는 의미로 읽어내기는 하지만.

　사진으로 보았던 알타미라의 동굴 이미지가 떠올랐다. 어느새 그의 형형한 눈빛은 나를 제압하고 있었다. 반듯한 콧날을 양쪽에서 받치는 콧방울이 위로 당긴 듯 둥글었다. 인중은 또렷하게 패었고 입술 가장자리에 흐르는 주름은 깊어, 길게 붙은 귓불 아래 각진 턱으로 완고한 인상을 주었다. 얇게 파인 표의를 덧입어 목을 내민 노인은 완고한 자세였다. 나는 슬쩍슬쩍 노인의 눈을 훔쳐보았다. 눈동자 속에 촛불이 비쳐서 벌겋게 이글거리는 불꽃이 타올랐다. 반백의 수염 속에 감춰진 붉은 입술을 내밀며 노인이 다시 말을 끄집어냈다.

　─말과 글도 사람이 존재할 때 함께 있을 뿐일 거외다.

　─어르신? 불립문자라는 게 있다고 들었습니다. 형태가 없

는 글자이지만 알아듣는 표현이 있다는데, 어르신께서도 아시는 바가 있으신지요?

─지금이라고 왜 없겠소. 종교적인 것을 심학心學이니, 문학적인 것을 구학□學이니 분류해놓았다고 합디다마는, 그것은 어디까지나 계통적으로 만들어 놓은 것에 불과할 거외다. 서로 마음만 통한다면, 문자와 말이 무슨 소용이겠소. 표현의 방법들도 다양하니 불립문자라고 그렇게 분류해 놓았겠지요.

나는 슬슬 긴장이 풀리고 있었다. 그래서 나도 모르게 조금은 엉뚱한 말이 튀어나왔다.

─어르신? 그런데 욕망을 넘어서는 탐욕이란 우리 인간만이 가지고 있는 것일까요?

─사람이란 종족이 생겨나 농경한지 겨우 만 년의 일인가? 세상의 일이란, 그 어떤 것도 영원하지 못한 법. 흥망성쇠가 이와 같으니 대자연의 법칙을 거스를 수는 없는 거외다. 원래 하늘 아래 영원한 절대자는 없을 것이오. 우주의 숱한 별들 가운데 무수한 물질들이 있어서 서로 더 강해지거나 약해질 뿐이오. 사람들도 언제부터인가 같은 무리일지라도 자기 자신보다 강한 자에게는 속박을 받으면서 훨씬 더 강한 느낌이 다가오면, 그것을 신이라고 지칭하여 약한 자신의 몸을 보호하려 했을 것이오.

─약육강식의 원리는 숙명일까요?

노인은 빙긋 웃으며 찻잔을 입에 가져갔다.

─나는 지금까지 산천을 떠돌았소. 원래 이 땅은 바람과 이
슬을 마시는 맑고 고운 영혼을 지닌 사람들이 살았다지요. 그
런데 땅의 모양이 세상의 한가운데 불거져 생긴 탓으로 다른
사람의 족속들이 이곳을 마구 짓밟으면서 운명적인 곳이 되어
버린 것 같소이다. 자꾸 다른 족속들의 풍습과 피가 섞이어 온
전하게 지켜져야 할 미풍양식은 점차 오염되었겠지요. 하기
야 세상이 돌고 도는데 영원하지 않는 곳, 오염되지 않은 곳이
어디 있겠소. 둥근 땅덩어리 전체가 쓰레기더미가 되어가거
늘…… 어느 세상에서나 백성들은 어렵게 살았다오. 그 예전에
도 세습이 되어 온갖 문제를 일으켰다오. 어허, 그대와 말을 나
누다보니, 그 답답한 세속의 일들이 다시 생각나는구려. 내가
십수 년 만에 중국에서 살다가 돌아와 보니 왕권은 무력해지고
지방의 호족들은 백성들에게 과중한 세금을 거둬들이는 판이
었지. 사방에서는 도적떼가 들끓었고 그 무리 중에는 스스로를
왕이라 칭하는 자들도 있었으니, 시대의 종말이 따로 없었소.
하기야 왕후장상의 씨가 따로 있는 것도 아니니. 인간이 인간
으로부터 느끼는 상대적인 빈곤과 배신감이 생기면 분노인거
지. 그게 커지고 백성들이 죽음보다 삶을 더 아프게 느끼는 세

상이 되어버리면 백성의 작은 힘들이 모아지고 커져서 폭동이 일어났지요.

격한 감정을 억누르려한 노인의 눈빛이 일어났다가 가까스로 지워졌다. 그 느낌으로 노인은 내게 점점 더 가까이 인간의 냄새를 풍겼다.

─중국에서 십여 년간 겪었던 일들과 태수로 있으면서 느낀 일들을 곰곰 생각하여 열 가지의 정책을 만들어 왕에게 건의를 했었소. 육두품이었던 나의 한계는 불 보듯 빤했소. 성골과 진골로 신분을 세습한 기득권들은 자신들의 입지가 불안했던지, 그 시무책은 여왕의 치마 속에서 빛을 보지 못하고 나라는 망해버렸지요. 백성을 떠받들지 않은 위정자들의 만용이 문제요, 권력이란 속성은 누리면 누릴수록 점점 백성들의 본심과는 멀어지거든. 그런데 세상에, 백성 없는 권력이 어디 있으며 민심 잃은 권력이 설 자리가 있겠소?

노인의 목소리가 약간 떨린다고 느껴졌다. 그것은 꼭 노여움이나 분노 같은 것으로 여겨지지는 않았다. 노인은 다시 찻잔을 입으로 가져갔다. 나는 까닭 모르게 불쑥 물었다.

─언제부터 이곳에 살고 계셨는지요?

─언제부터라니? 그 시간이라는 것을 잊어버렸나보오. 부질없는 우리 육신의 생애에는 처음과 끝이 있지만, 만물의 근

본이 되는 공간과 질량은 끝없이 무한하니까. 그 세 가지 요소는 음과 양이라는 상반된 기운을 지닌 성질을 생겼을 터이고, 밝음과 어두움, 수컷과 암컷이라 할 수 있는 그것이 서로 공존하고 조화하여 하나의 씨앗을 만들었겠지요. 씨앗은 싹이 터서 꽃을 피우고 꽃은 다시 열매를 맺는 한 과정을 매듭지으면 새로운 씨앗이 생기고…… 순환으로 만물은 지속됩니다. 그러나 세상의 모든 것이 바뀌고 변한다한들 근본이 변하지 않은 것은, 그것을 바라보는 중심입니다. 바로 사람의 마음인 게요.

— 절대적으로 변하지 않을 중심이라구요?

— 무한하다는 우주도 변하는데 우리 인간 따위가 영원성을 어찌 장담한단 말이오.

— 그렇지만, 사람이라는 종족이 살아있는 동안이라도?

— 하늘과 사람이 있었으니 도道가 생겼을 것이고, 하늘의 원리를 깨달아야 하는 게 사람의 마음이 아니겠소. 부지런히 만물의 이치를 쫓아가자면 인간은 유한합니다.

노인은 치켜 올라간 눈을 지그시 감았다 떴다했다. 그가 뱉은 말이 달팽이관을 휘돌아 기호로 각인되어 내 머릿속을 꽉 채워버렸다. 알듯 말듯 애매모호한 노인의 말에 대한 내용이었다. 그러나 노인이 말하려는 의도가 무엇이었든지 간에, 만유의 법칙을 들먹거리고 있지를 않는가. 그렇다면 노인은 혹시,

천부경天符經에 관하여 말하려 함일까. 가로 9글자×세로 9글자= 81글자의 한자로 만들어진, 그 아리송한 예언서 같은 글. 나는 그 이상한 퍼즐 같은 글자의 조합에 관하여 얼핏 생각났다.

아주 먼 옛날 한얼민족의 선지자는 후손들을 위해 면벽 수도를 했다. 60간지를 기본으로 터득한 진리는, 인간세상을 교화하여 백성을 평안한 삶으로 이끈다는 이치였다. 글자가 없어 입으로 전해지던 내용이, 어떤 시대엔가 돌에 전서篆書로 새겨졌다. 세월이 흐르고 흘러 이를 보고 해독하여 묘향산 돌 벽에 다시 새겼다는 바로 그 인물.

나는 불현듯 바깥 풍경이 떠올랐다. 그러자 나의 몸과 의식에 의문이 들기 시작했다. 저 노인은 누구이며 이곳은 어디인가. 그 순간, 금세 노인의 형체가 가물거리더니 어둠으로 사라져버렸다. 나는 두려움이 엄습했다. 그리고 허둥지둥 동굴을 빠져나왔다. 빛은 어둠을 몰아낸 자리에 여전히 있었다. 푸른 나뭇잎들 틈새로 쏟아진 햇빛이 내 눈을 푹 찔렀다. 나는 이상한 생각이 들어서 고개를 돌려 뒤돌아보았다. 앗! 순간적으로 머리가 어뜩했다. 이건 또 무슨 조화란 말인가. 주변이 뭔가 낯익은 느낌이 들었다. 굴의 입구는 물론, 돌멩이라곤 찾아볼 수가 없었다. 그렇다면, 내가 귀신에게 홀렸다는 말인가. 이제껏 숙취와 감기 기운에 붙잡혀서 헛것을 보았단 말인가. 숲속으로 바람이 산들거렸다. 늙은 나무들 우듬지에 돋은 연둣빛 잎들 사이로 파란하늘이 얼굴을 내밀었다. 나는 숨을 깊게 들이마시며 내뱉었다.

"거기! 최 과장님 아니요?"

나를 부르는 소리가 들렸다. 멀리서 누군가 연신 손짓을 했다. 낯익은 모습이었다. 배가 툭 튀어나온 추 사장이 몸을 흔들며 빠른 걸음으로 다가왔다.

"어디서 뭐하고 있었어요? 아직도 술이 덜 깼나, 카메라는? 최 과장을 찾느라고 모두들 한참이나 시끄러웠어요. 사진사가 증발되어버렸으니, 촬영이 되나? 젠장, 사진촬영을 한다고 모두 폼을 잡다가 이젠 지쳤을 거요. 데려오라는데 빨리 갑시다."

추 사장이 걱정스런 눈빛으로 물었다. 나는 부랴부랴 버스 안으로 달려가 카메라를 찾았다. 서둘러 100여 명의 회원들이 현수막을 들고 서있는 사진을 몇 방인가 찍었다. 다음 방문지로 이동하는 버스의 출발시간은, 아직 반시간이나 남아있었다. 주차장에서 약간 오르막길로 가는 곳에 기념관이 있었다. 기와지붕을 머리에 인 근래 지은 콘크리트건물이었다. 나는 성큼성큼 그곳으로 발걸음을 옮겼다.

"최 과장 빨리 갔다 와요! 이제는 안 오면 그냥 놔두고, 우리만 버스로 가버릴 테니까 알아서 해."

여느 기념관처럼 전시물들이 액자틀이며 투명 상자 속에 진열되어 있었다. 박제된 시대가 곰팡이 균과 함께 떠있었다. 지역에서 발굴된 농기구, 칼과 연장 따위의 유물들을 지나서, 옆 전시실로 발걸음을 떼었다. 간접 조명이 전시물들을 비쳤다. 한시를 쓴 액자들도 붙어있었다. 돌 벽에 새겨졌다는 등선시登仙詩가 눈에 들어왔다.

狂賁疊石吼重巒
人語難分咫尺間
常恐是非聲到耳
故敎流水盡籠山
첩첩산 호령하며 미친 듯 쏟아지는 물소리에
사람의 소리 지척에서도 분간하기 어렵네
시비하는 소리 귀에 들릴까 항시 두려워
짐짓 흐르는 물 온 산을 에워싸게 했노라

나는 시를 훑어보다가 바로 옆방으로 옮겼다. 방은 조금 전보다 어두웠다. 앗! 저것은 뭔가? 누군가 벽 쪽에서 나를 내려다보는 것이 아닌가. 순간, 나는 발바닥이 딱 붙어버렸다. 이럴

수가!'아까 바로 동굴 안에서 보았던 그 노인이었다. 노인은 커다란 액자 속에 있었다. 검은 복두를 머리에 쓰고 소매 긴 단령포를 입은 채, 번쩍거리는 놋쇠에 소뿔로 장식된 허리띠를 두르고 소가죽 신발을 신고 의자에 앉아있었던 것이다. 성긋한 눈썹 아래 치켜 뜬 눈과 꽉 다문 입술. 아아! 그렇다면, 이 초상화가 그 동굴 안에까지 걸어왔다는 말인가. 알 수 없는 어지러움이 뇌리를 엄습했다.

우연인가? 간밤의 꿈이 불현듯 떠올랐다. 그렇다면 나는 해운선생의 이 흔적을 보려고, 간밤의 악몽을 꾸었던 것은 아닐까? 어지러웠던 꿈의 조각들은 다시 맞출 수가 없었다. 중국으로 건너가 신동소리를 들었던 최해운. 조국에 다시 돌아왔지만, 정치는 이전투구로 엉망이고 백성들은 도탄에 빠져있던 것. 우국충정으로 조국으로 돌아왔건만, 냉엄한 정치현실이 기다리고 있었다. 말세를 예견한 지식인은 고뇌에 몸부림을 쳤을 터.

해운海雲은, 그분의 아호였다. 바다를 감도는 안개! 안개 짙은 바다를 떠다니는 외로움이었을까. 태어난 자의 선택과 상관없이 무덤까지 정해진 신분은 온통 벽으로 꽉 막혀있었다. 세상과 불화한 지식인은 슬픔으로 아렸을 것이다. 유·불·선 중 아무 종교에도 자신의 마음을 정하지 못했던 분. 지팡이에 늙은 몸을 의지하며 산속으로 들어가 종적을 감추었다는 전설. 허무한 인생의 쓸쓸함이 낙엽처럼 산야에 나뒹굴었으리. 어쩌면 넋은 깊은 골짜기와 허무의 바다를 떠돌아다녔으리. 생의 부질없음을 너무 일찍 알아버린 불행한 천재는 이승을 떠나 신선이 되어 어딘가 살아있으리라. 그렇다면 나는! 한줄기 빛으로 우주를 향하여 멀리 떠났을지도 모를 그를 만났을까. 동국문종東國文宗이라고 추앙받고 있는 그분을 만났던 일은 분명 꿈이었을까.

자아의 한계는 정해져 있는데, 무엇을 갈구한다는 말인가. 깨어나면 현실은 고통이다. 육신은 쇠하고 세상은 나의 숨통을 옥죄는데, 막연한 내일을 기다리는 몹쓸 꿈에 허덕이다니.

"다음 코스는 거창군 학살사건 현장이라지요?"

추 사장이 고개를 돌리며 찡그린 얼굴로 물어왔다. 나는 고개를 끄덕였다. 버스는 내려왔던 길을 되돌아가고 있었다. 구불구불한 산자락을 따라 올라가는 버스 아래는 낭떠러지였다. 아찔했다. 버스와 함께 몸은 이리저리 흔들거렸다. 나는 간밤에 잠을 설친 탓인지 졸음이 왔다. 어떤 기운이 또 내 속으로 침범한 느낌이었다. 오래 전, 내 속에 또 다른 내가 얼쩡거리며 나를 흉내 내며 살고 있다는 걸 알았다. 혹여 나의 이중성에 관한 느낌과 정신적 자학증세가 아닐까 하고 생각도 해보았다. 또 다른 내가 나를 지배하고 있다는 끔찍한 사실을. 정말 몸 하나에 두 개의 영혼이 기생하고 있는 사실은 꿈에서도 불가능할 것 같았다. 아니, 이 얼토당토하지 못한 일이 과학이나 논리적으로 타당한 것일까. 이 말도 안 되는 사실을 누가 믿어줄 것인가. 나는 가까운 누구에게도 이런 비밀을 얼른 털어놓을 수가 없었다. 아무리 비밀이라도 같은 시대에 사는 사람끼리는 비스무리하게 어떤 것이 공감되어야 할 터이다. 가끔 이 둘이서 정반대의 느낌으로 싸우거나 얼크러졌을 적에는, 나는 그야말로 멍한 공황의 상태가 되어버렸다. 내 입장에서 말하자면, 타他로 일컬어지는 그가 나를 간섭하고 의식의 일부로 행세하며 공간의 부분을 침탈할 적에는 내가 정말 나인가가 의심이 들 정도였다. 눈에 보이지 않은 또 다른 나. 형체 없는 두 개의 이기심이 다투려고 시근덕거렸다.

　―살아있는 동안에, 돈이 그대의 천국을 만들 수 있다는데 생각을 좀 고쳐먹어봐!

　다른 내가 나를 위해 은근한 말투로 무겁게 말을 건넸다.

　―그래, 네 말은 옳은데, 그게 일반적인 사람들의 사고방식은 아니거든. 물론 틀리다는 건 아냐. 그러나 지금 이 육신이 지탱하는 나이가 얼마냐? 기껏 살아봐야 몇 십 년인데.

내가 또 다른 내게 반문을 하며 고개를 절레절레 흔들었다. 그러나 그것은 상대방을 무시하는 의미가 아닌, 암묵적 함의에서 나온 것이었다.

―바보 같으니라고! 육신이 없어진 후에도, 너는 마치 영원할 것처럼 말하고 있군. 네가 지니고 있는 혼은 비빌 언덕도 사라져 물거품처럼 말라버릴 걸.

또 다른 나는 나를 비꼬듯 약간 신경질을 내면서 말꼬리를 붙들었다.

―아니지. 원래부터 나라는 인간이 전혀 이런 일 따위를 생각해 본적도 없잖아?

그러자 또 다른 나는 짜증이 가득 섞인 말투로 한심하다는 듯 되물었다.

―엄마 뱃속에서부터 배운 건 아니지.

두 개의 나는 회오리바람이 기둥을 만들어 소용돌이치듯 금세 서로의 멱살을 잡았다. 마치 커다란 뱀 두 마리가 서로의 꼬리를 물고 씹어 먹듯. 혼돈은 한참 동안 계속되었고, 말릴 수 있는 것은 존재하지 않았다.

―인간들은 자연적인 모습보다는 수단에 의지하며, 수단이 목적으로 변질되어도 그걸 획득하려고 서로 다투고 죽을힘을 다하여 자신을 낭비하고 있지. 생명의 존귀함을 지키고자 시대

에 맞추어 생겼던 시대의 정의가 이념이었는데, 그게 이상스럽게 변질되어버렸어. 사람은 살기위해서 시시때때로 변하거든. 인간을 위한 생각들이 인간을 죽이고 있으니 말이야. 정의를 위한다는 구실로 수많은 인간들이 죽었으며, 논리를 완벽하게 만들려고 계속 조작했더란 말이지. 인간의 근원, 저 근저에 깔려있는 착한 심성을 동물적으로 돌려놓으려는 억지인 것을.

—그 수단이라는 게?

—인류가 지금까지 축적한 잉여적 나부랭이, 자동차나 컴퓨터, 그걸 창조하는 돈까지.

—인간의 족속들이 생겨서 이 지구를 지배하는 게 불과 얼만데…… 아니, 지배라는 말이 과연 합당한 말도 아닐 거야. 땅속이나 땅 위를 날고 기어 다니는 벌레와 곤충들이 인간들에게 지배를 당하고 있다고 생각이나 할까?

나와 내가 말하며 때로는 탐색했다. 침묵하는 사이사이 어디선가 아주 낮게 풀벌레 우는 소리가 들렸다. 때때로 이명의 소리는 다양했다.

—과연 우주를 지배하는 뭔가가 있기나 할까?

—알 수 없어. 있다면 이 부조리한 세상을 그냥 놔두었겠어. 아니면, 외계의 그것과 내계의 이것은 다른 성질이거나 전혀 상관없는 사이일 거라. 그래서 절대자나 신이라는 것도 인간들

이 심심해서, 아니면 두려워서 만든 거라는 생각이 들어.

혀가 짧은 듯 짧게 끊어 말하는 목소리가 단호하게 대꾸했다. 그리고 무얼 마신 듯 입을 쩝쩝 다시더니,

─만약에 절대적이라는 것이 정말 존재한다면, 세상은 또 지금보다 얼마나 삭막하고 두려울까.

─모르고 그냥 이렇게 가다보면 좋을지도 모르지. 괜히 양파껍질 벗기듯 자꾸 쓸데없는 짓을 하다보면, 신비가 현실이 되어버리고 막상 무서운 현실은 또 다른 결과를 가져올 지도 모르지. 내가 죽으면 모든 건 결국 다 증발되어버리고 말겠지만. 시간은 인간의 존재 안에서만 기억이 돼. 우뚝한 산맥과 깊게 흐르는 강물조차 시간 속으로 함몰되어 사람의 종족은 아득하게 멀어지지. 수천 년 전에 생매장된 뼈다귀나 육십 년 전에 집단으로 학살된 주검조차 지층으로 편입된다는 사실. 그런데 이 모든 것은 분명히 오늘을 살고 있는 이들의 시각으로 정리될 뿐이야.

여기는 어디인가? 어느새 고속도로로 몰려든 차량들과 잇따른 버스는 거대도시 외곽에 접어들었다. 뿌연 대기 속에 구조물들이 가득 들어차 있었다. 버스는 멈칫멈칫 가다서다하며 빌딩 숲속으로 들어섰다. 한글간판보다 더 많은 영어 간판들을

이름표로 붙인 건물들이 낯익게 스쳤다. 꿀벌이나 개미떼처럼 그 속에서 닳아져 버릴 사람의 무리가 바글거리는 터전. 내가 바로 그 무리의 개체였다. 나는 다시 막막한 삶터로 돌아온 것이다. 밥과 사람살이의 곤고한 현실이 기다리는 곳으로. ★

꿈결

첫날.

아시아나 601여객기는 벌써 부산을 훨씬 지났다.

비행고도 10058m, 속도992km/h, 외부기온 −40°c. 남태평양을 향하여 날개를 젓는 여객기는 시드니까지 7,874km를 남겨두고 있다. 8시간 후면 착륙하게 될 짝퉁 새의 날개가 보였다. 여성승무원들이 통로를 부지런히 오고갔다. 시간이 지날수록 기내의 승객들은 움직임이 둔해졌다. 등받이 아래에 한글과 영문이 씌어있다.

〈착석 중에는 안전대를 매십시오〉

〈구명동의는 좌석 밑에 있습니다〉

허공에서 뚝 떨어지면 아무 소용없을 주의사항이다. 앞좌석 등받이에 달린 10인치 정도의 화면이 잠시 꺼졌다. 화면은 줄곧 항로를 가리키며 운항표시를 해왔다. 웅웅거리는 엔진소리. 거대한 새의 뱃속에서 나는 숨을 들이 내쉬었다. 낯선 승객 수백 명은 운명공동체가 되었다. 삶과 죽음을, 전혀 모르는 사람들과 함께 하게 되다니.

그곳이 어디든지 쫓긴 기억들은 불쑥불쑥 나타났다. 나는 일어서다가 엉거주춤 흔들렸다. 기류에 된통 부딪쳤나. 천장 밑 시렁의 문을 올려 가방을 내렸다. 아직 갈 길은 먼데 벌써 지루하고 답답했다. 가방의 지퍼를 열기 전부터 누군가가 엿보는 느낌이다. 고개를 돌려 두리번거렸으나 눈여겨보는 사람은 없는 듯하다. 지루하게 들리는 엔진소리가 귓전을 파고들어 이제 면역상태다. 벌써 대부분의 승객들은 잠을 자거나 시들어진 대파이파리마냥 다소곳했다. 술이나 한 모금 마시고 잠을 청할 요량이었다. 나는 종이팩을 꺼내어 접이식 받침 위에 놓았다. 누가 볼세라 소주를 컵에 따라 얼른 두어 모금 빨았다. 육포의 포장을 뜯었다. 아차, 싶었다. 한국산이기 때문이다. 그곳에 가면 널린 게 소고기일 텐데, 이 얼마나 멍청한 짓인가. 요 근래에 들어 가끔은 생각이 생각을 덮어씌웠다. 술기운에 나는 비시시 웃으며 머릿속을 스치는 어처구니없는 짓을 얼른 지워버렸다.

얼마쯤인가 내 곁에 누군가가 슬그머니 느껴졌다. 누굴까? 어어! 웬 사람이 창밖으로 고개를 돌리고 있다. 조금 전까지 보이지 않았던 그 사람은 길쭉하고 거무데데한 늙은이다. 어디선가 본 듯했다. 아무래도 일흔은 훨씬 넘어보였다. 늙은이가 창밖으로 고개를 돌렸다. 누렇게 바랜 낡은 버버리코트를 벗지 않은 채 묵묵히 앉아있다. 뻣뻣하게 고개를 쳐든 늙은이는 간혹 통로를 오가는 승무원의 모습만 흘깃 쳐다볼 뿐, 주위에 그다지 관심을 두지 않은 듯하다. 늙은이도 동행이 없는 것 같았다. 잘 되었다싶어 말동무나 해볼 요량으로 나는 고개를 돌려 입을 열었다.

"한 잔 하시겠습니까?"

늙은이는 길게 찢어진 눈을 옆으로 슬쩍 흘려놓고도 안내책자만 만지작거렸다. 전혀 아랑곳없다는 듯 딴청을 부린 것이다. 무시당한 것인가. 나는 한참 겸연쩍었다. 그러던 늙은이가 앞에 있던 누런 물이 들어있는 투명한 컵을 불쑥 내밀었다. 마시던 음료수인줄 알았더니 반쯤 남아있던 맥주였다. 아까 식사시간에 승무원에게 음료수대신 맥주를 부탁했던 모양이다.

"여기요?"

늙은이가 대답대신 고개를 끄덕였다. 늙은이와 내가 서로를 확인한 셈이다. 내가 따른 소주가 맥주와 섞인 채 가득 찼다. 물론 술을 마신들 여객기 안이라도 그리 이상할 노릇은 아니다. 종이팩을 컵에 기울인 나는 홀짝홀짝 술을 마셨다. 일절 말이 없던 늙은이가 갑자기 술을 벌컥벌컥 들이켜 단숨에 컵을 비웠다. 늙은이는 육포를 씹을 생각도 없이 앞좌석 등받이에 뜬 항로를 우두커니 바라보았다. 불콰하게 벌게진 늙은이는 여전히 아무 말이 없다. 은근히 조바심이 난 쪽은 나였다.

"선생님? 호주에는 무슨 일로 가십니까?"

나 같은 녀석은 안중에도 없다는 듯 늙은이는 여전히 입을 다물었다. 무시당한 느낌이 들어 내심으로 불쾌했다. 애당초 통성명이라도 하려했던 나는 쓸데없음을 알고 잠을 청하려고 눈을 감았다. 얼마쯤 지났을까. 느닷없이 귀청이 뚫어질듯 큰 소리가 들렸다.

"내 아들 좀 찾아줘!"

늙은이의 목소리가 분명했다. 나는 화들짝 놀라 옆을 보았다. 버럭 소리를 질렀을 늙은이는 짐짓 시치미를 떼듯 그대로다. 그렇다면 도대체 그 목소리는 어디서 들려왔다는 말인가. 나는 고개를 돌려 찬찬히 늙은이의 얼굴을 뜯어보았다. 모습은 빳빳한 그대로였으나 조금 전과 달리 애원어린 표정마저 감돌았다.

늙은이가 나를 빤히 쳐다보았다. 희멀건 눈빛을 마주치던 늙은이는 게눈 감추는 것 마냥 슬쩍 눈을 내리 깔았다. 그런데 조금 후, 어럽쇼! 늙은이의 모습은 점점 쭈그러들더니 작아졌다. 원 세상에! 어린애만큼 작아진 늙은이는 거침없이 유리창을 지나 밖으로 나갔다. 아니? 나는 어이가 없어 고개를 돌려 창밖을 내다보았다. 그런데 또, 무슨 조화란 말인가. 창밖은 허공 아닌, 온통 짙푸른 나무들로 빽빽하게 들어차 길게 뻗은 숲이다. 늙은이는 아무 것도 지니지 않은 채 숲을 향하여 허적허적 걸어갔다. 이쪽을 뒤돌아보고 또 돌아보던 늙은이는 숲속으로 바람처럼 사라졌다.

나는 깜짝 놀라서 눈을 떴다. 옆자리에는 늙은 여인이 안경을 코끝으로 흘리며 고개를 젖힌 채 자고 있다. 악몽을 꾸었던가. 꿈과 현실이 숨바꼭질했던 것이다. 먹다둔 육포와 컵은 그대로 놓여있다. 도무지 모를 노릇이었다. 머리통만 한 창 밑으로부터 부풀어 오른 구름은 이제 보이지 않았다.

*

나는 손목시계의 바늘을 1시간 더 앞당겼다. 그래서 4시 43분. 해가 뜨는 동쪽 가까운 곳으로 짝퉁 새가 날아가고 있다. 이제 새벽은 어디선가 달려오고 있을 게다.

시속 913km로 11,278m 상공을 지나가는 새의 동체는 가끔 뒤척일 뿐, 뱃속은 조용했다. 가끔 센 기류를 만난 새가 요동을 치면 딩동 소리와 함께 안전벨트를 매라는 빨간 글씨가 떴다. 지도의 좌표는 호주대륙으로 접근한다고 찍혔다. 남은 비행시간 2시간 44분. 엉거주춤 일어나 앞뒤를 훑어보니 기내의 승객들은 거의 잠들어있다. 가끔 지나치는 승무원과 화장실을 오가는 승객이 드문드문 있을 뿐이다.

나는 무료하여 창에 드리워진 하얀 커튼을 올렸다. 창 바깥은 별 세상이다. 캄캄한 하늘에 초롱초롱한 별빛들이 쏟아졌다. 구름 한 점 없는 남반구의 하늘. 희미한 어둠 속에서 우주의 광휘를 엿보고 있는 나.

도대체 저 끝은 어디인가. 알 수 없는 막막한 공간에서 나는 너무 작았다. 잡을 수 없는 이미지들이 피어오르는 구름처럼 계속 떠오르며 사라졌다. 그건 내 의지와 상관없는 것 같았다. 저 헤아릴 수조차 없는 행성들은 어디서 어디로 가는 것인가. 나도 너희도 미세하기는 마찬가지다. 나의 망원경은 안구가 잡았던 삶만큼 퍼져서 볼 것이다. 자아는 그저 숨을 죽이며 눈에 스치는 무한대 속으로 사라지는 것이더냐.

입국신고서에 볼펜으로 적어준 직업란이 생각났다. 교수는 무슨 개뿔!

무인정권이 가까스로 이어지던 시절, 그자는 부장검사였다.

공안통치의 그림자가 걷어지지 않았던 무렵, 간첩사건과 연루된 학생들의 문제가 있었다. 억지로 꿰맞춰 송치된 그 사건은 증거불충분으로 각본조차 부실했다. 우리는 무리하게 맞춰 법원까지 갔다. 아무리 독재정권이라도 문제가 불거지면 언론은 정치적 상황을 고려했다. 그자는 자신이 저지른 일을, 아랫것들에게 뒤집어쓰라는 복선을 깔았다.

"남 계장과 김 검사가 총대를 멘다면 내가 뒤처리를 해보지요."

원숭이처럼 좁은 이마와 자칼의 입 마냥 뾰족한 턱을 가진 그가 심드렁하게 말했다. 시끄러울 뻔했던 일이 그자의 힘으로 유야무야 되었다. 그러나 사건의 본질도 결과도 그자의 몫임이 분명했다. 거친 시기에 드리워진 긴 그림자에 왜? 억울한 사람들이 없었으리. 아무튼 무인정권들이 주거니 받거니 하던 시기에는 통치권에 도전하는 모든 일들이 그렇게 흘러갔던 터.

무인정권에서 무늬만 바뀐 정부가 이루어지자마자, 그자는 나라경영의 한축이 되었다. 어찌어찌하여 우리 몇몇은 계속 그의 잔심부름을 거들었다. 그것은 내가 아닌, 그자의 선택에 따른 것이다. 언론이 그자를 실세라고 지칭할만했다. 그러나 권력은 순식간에 지나갔다. 언론은 통치자와 그가 대외정책에서 엇박자를 낸 까닭이라고 떠들었다. 틈이 벌어진 원인은 돈 때문이었다. 정치자금 명목으로 재벌로부터 한몫을 챙긴 일이 통치자의 귀에 흘러들어갔던 모양이었다. 아무리 튼튼한 동지의 맹약도 돈 앞에서는 깨지기 마련이다. 동아줄이었는지 썩은 줄이었는지는 나중에야 아는 법. 감옥소로 직행하지 않은 것만 해도 고마울 지경이었다. 그자는 물러나 무슨 정치연구소 간판을 걸었다.

바깥온도 −54℃. 만약 저 유리창 밖으로 내던져져 버린다면, 냉동된 티끌 하나는 한없이 펼쳐질 황량한 벌판에서 파문조차 일으키지 못하리. 영하 기온의 느낌은 숫자와 얄팍한 지식으로 짐작할 뿐이다. 오스트레일리아 대륙의 오른쪽 뿔을 비켜 직선으로 가는 새의 날개가 기우뚱했다. 나는 까슬까슬하게 잡아당기는 눈꺼풀을 이기지 못해서 눈을 감았다.

하늘에서 머무는 시간도 땅과 다를 바 없다.

"아빠? 호주 여행티켓을 구했는데, 바람이나 쐬고 오세요."

시집간 큰딸이 여권을 보내달라며 전화를 했던 것. 가고 안 가고 할 까닭이 없었다. 받아들여야 될 입장이므로. 아마, 딸은 홀로된 아비의 예순 넘은 생일이 안쓰러워서 그렇게라도 해주고 싶었을 게다.

동쪽으로부터 순식간에 솟구쳐 오른 햇살이 유리창을 뚫고 눈을 쑤셨다. 짝퉁 새의 속도는 여전히 그대로다. 나는 창 너머

아래를 내려다보았다. 솜처럼 푹신할 것 같은 새하얀 구름들이 다가와 뭉쳐지고 있다. 햇살을 맞은 수증기덩어리들은 갑자기 어디서 온 것인가. 대기의 순환은 외로운 행성을 감싸주었다. 구름 아래 한 층을 이루는 검은 구름떼가 밀려가고 있다. 구름도 삶의 무게만큼 무거우면 비나 우박으로 떨어지겠지.

어둑어둑한 대륙의 자연이 햇살을 맞아 차츰 드러나기 시작했다. 숲과 경작지와 실처럼 가느다란 도로가 인간들의 질서만큼 펼쳐져있다. 멀리 반짝이는 호수들이 있고 드넓은 개활지의 둘레를 검푸른 숲이 받치고 있다. 이제 거대한 인공의 새는 고단한 날개를 서서히 저으며 활주로를 향해 고도를 낮추었다.

＊

둘째 날.

시드니공항건물은 한적한 시골 역 같다는 느낌이다. 제복을 입은 직원들이 검색대에 있건만 입국자들의 줄은 점점 늘어졌다. 바쁠 것 없다는 검색직원들의 표정은 흐느적거렸다. 금발머리를 뒤로 묶은 여직원은 줄선 사람들의 여권을 한참 들여다보다가 스탬프를 찍었다. 길게 늘어선 입국자들을 아랑곳없이 무심한 그들의 눈빛도 데면데면한 행동거지조차도 그다지 억지스럽지 않다.

바깥에는 리무진버스 1대가 대기하고 있다. 얇은 재킷을 입은 훤칠한 사내가 일행을 불러 모았다. 여행사에서 나온 안내자였다. 여행객들은 가방들을 들고 짐칸에 넣은 다음 하나둘 버스에 올랐다. 마지막으로 사내가 버스에 올랐다. 가무잡잡한 살갗의 사내는 성긋한 눈썹아래 가느다란 눈으로 마흔 명가량의 사람을 살펴보았다. 그리고 잡은 마이크에 대고 두툼한 입술을 열었다.

"모두 안녕하세요? 저는 여행사의 시드니 담당부장 이한길이라고 합니다. 지금 이 시간부터 여러분이 가시는 그 시간까지 즐겁고 안전하게 도와드리겠습니다."

그의 목소리는 또릿하고 차분했다. 처음 보았지만 낯익은 인상으로 다가왔다. 불현듯 여객기 안에서 짧은 순간에 느꼈던 늙은이의 모습이 되살아났다. 딱히 닮았다고 할 수는 없지만, 거무데데한 살갗과 길쭉한 체격에서 오는 비슷함이 아닐까 싶다. 버스는 공항을 뒤로하고 시내를 통과하더니 외곽으로 달리는 것 같았다. 길 양편으로 청회색 빛을 띤 활엽수 숲이 따라왔다. 말로만 듣던 회녹색 이파리가 달린 유칼립투스 나무들이다.

안내자는 버스 통로에 서서 마이크를 잡았다. 그는 깡말라 보이는 훤칠한 체격으로 중간 중간 방송의 해설자처럼 설명을 이었다.

"여러분 눈에 보이는 가로수들은 모두 유칼리나무입니다. 유칼립투스를 줄인 말입니다. 다른 나무들과 생존경쟁을 하다가 자기들끼리 마찰하여 산불을 낸다죠. 모든 나무들이 불길에 타서 죽어버린 뒤에 유칼리나무만 슬며시 껍질을 벗고 살아난다는 겁니다. 한마디로 얌체 같으면서 생명력이 강한 식물이죠."

그의 눈은 길게 찢어졌으나 맑아보였다. 드넓고 푸른 잔디 언덕을 넘어선 버스가 섰다. 사람들은 농장건물 안으로 들어갔다. 카우보이 차림의 젊은이가 어깨를 으쓱하며 웃었다. 농장 사람들은 자연스럽게 양을 치는 방법과 양 털깎기의 시범과 부메랑을 던져서 되돌아오는 묘기를 보여주었다. 부메랑은 원래 호주원주민들이 캥거루나 뮤처럼 길고 가느다란 다리를 부러뜨려 잡는 무기였다. 야생의 먹잇감을 잡는 무기가 이제 역사의 유물인 셈이다. 점심은 스테이크가 나왔다. 검붉은 핏물이 배어든 고깃덩어리와 감자였다. 성큼성큼 걸어온 안내자는 맨 나중에 접시를 들고 두리번거리더니 빈자리가 있는 내 옆으로 앉았다. 씹는 소고기는 약간 비릿하며 질겼다.

"한우고기보다 조금 더 질긴 느낌이 들지요?"

"먹을 만합니다."

"여긴 방목하여 풀을 뜯는 소가 대부분이어서 사료를 먹여

키우는 마블링이 많은 한우보다 더 질길 겁니다.”

안내자는 고깃덩어리를 나이프로 잘라 우물우물 씹더니,

“선생님, 고기는 얼마든지 더 드셔도 됩니다”라고 말을 건넸다.

2시간여를 달리는 버스 안에서 나는 설핏 졸았다. 눈을 뜨다 말다가 차창 밖에서 언덕을 걸어가는 여자 둘이 손을 높이 흔들었다. 눈부시게 비치는 햇빛으로 실루엣을 또렷하게 보지는 못했다. 생전의 아내와 작은 딸 같았다. 그녀들은 왜 내 곁에서 맴돌기만 할까. 뭔가 크게 흔들려 눈을 떴다. 버스가 멈췄다. 차량들이 밀렸다. 갈수록 나이가 들면서 내 몸은 쉬이 피로해졌다. 반듯한 녹색의 산야에 붉은 벽돌과 흰 벽체의 주택들이 질서정연하게 모여 있는 마을들을 지났다. 먹고, 자고, 입는 인간들에게 착취의 본질은 숙명이다.

그럴 때까지도 나는 그자의 충실한 그림자였다. 당시만 해도 그자의 외교이론은 번지르르하고 그럴싸했다. 언제나 욕망은 인간의 정의를 앞질렀다. 그자를 초청한 대학들의 빈자리를 몇 번 메꾸었던 일이 나의 마지막 대외활동의 전부였다. 내가 그자를 마지막으로 본 것은 공항로비에서였다. 몰락한 그는 외유를 떠나려고 나섰다. 그자가 뉴스의 초점 인물이었을 적 수행원들은 물론, 구름처럼 몰려들었을 기자들이며 정치인들은 코빼기도 보이지 않았다.

"남시우 씨? 왜 왔어요."

버버리코트를 입은 채 가방을 들고 있던 그가 내게 말했다. 반갑다는 말조차 비틀어 표현하는 버릇이었다. 오랜만에 본 그의 얼굴은 수척했으나 쓴웃음을 머금었다. 아니, 여전히 아랫것들에 대하여 우두머리로써 기품을 잃지 않으려는 폼도 여전했다. 야망의 눈빛은 불탔으나 불꽃은 사그라졌다.

그자로부터 손을 털었으나 내 운명 또한 방향이 약간 틀어졌다. 나는 별빛도 가끔 씩 보이는 수도권 변두리에서 살았다. 전동열차가 우르릉우르릉 지나는 아파트 옆 좁은 길을 지나 연립주택. 둘째 딸과 아내가 느닷없이 교통사고로 죽었다. 누구를 탓하리. 온전히 지키지 못한 내 탓이다. 욕망으로 얻어진 내 것들이 내 곁을 떠난 그 무렵은 너무나 막막했다. 산자락은 희끗희끗 잔설이 묻어있었다. 시리고 푸르른 하늘 아래 메마른 바람이 불었다. 나는 두 개의 유골함을 들고 마른갈대들이 서걱거리는 강기슭에서 흩어 뿌렸다. 아내와 딸은 하얀 손수건으로 변하듯 차마 가닿을 수 없는 피안의 언덕 너머로 사라졌다. 저무는 시간 속으로 슬픔조차 아물아물 거렸다.

고속도로를 질주하던 버스는 속도를 줄여 다시 시드니로 접어들었다. 도심을 빠져 나온 버스가 더 들어간 곳은 바닷가에 있는 호텔이다. 나는 승강기를 타고 배정된 방에서 짐을 풀었다. 풀리지 않은 노독을 냉장고에서 꺼낸 VB맥주의 거품으로 닦아냈다. 그리고 침대가 두 개 놓인 객실에 혼자 벌러덩 누웠다.

*

셋째 날.

모닝콜이 울리기 전에 나는 잠을 깼다. 옆 침대는 처음처럼 하얀 시트가 마무리된 채였다. 여기서도 아내의 빈자리는 그대로였다. 혼자라는 사실이 가끔은 애매한 느낌으로 다가왔다. 샤워꼭지에서 한참 만에 미지근한 물이 쭐쭐 나왔다. 삭신이 무거운 상태에서 머리를 슬슬 감았다. 내 머리숱은 그다지 많지 않았다.

호텔 1층에서 아침을 빵과 치즈로 먹었다. 버스가 움직였다. 시내 중심부로 출근하는 동양인들이 꽤 많이 보였다. 안내자는 어느새 특유의 부드러운 목소리로 말했다.

"동양인들이 생각보다 많이 보이죠? 시드니 인구가 오백만 명이 넘은데, 중국인이 백만 명쯤 이고 한국 사람도 한 십오만 명 정도는 될 겁니다."

안내자가 입은 옷은 어제와 달리 점퍼차림이다. 버스는 3시간 남짓 북동쪽으로 달렸다.

"안내하는 사람, 참 잘하지요?"

칭얼거리던 손녀를 자식들에게 맡기고 옆 자리로 넘어온 여인이 말했다. 정오의 햇살은 똑같이 비췄지만 방향은 거꾸로 따라왔다. 4륜구동의 작은 버스로 갈아탔다. 버스가 흙모래바닥을 지나면서 여러 차례 쿵쿵 소리를 내며 물웅덩이에 바퀴를 박았다. 차에 타고 있던 사람들은 그때마다 엉덩방아를 찧었다.

하늘과 바다는 온통 진청색 물감을 풀어놓았다. 시푸른 바다와 하늘 사이로 하얀 모래언덕이 길게 뻗어있다. 또 하나 우주의 탈색된 공간이다. 오랜 시간 동안 바람이 만든 사구였다. 작은 사막이다. 곱고 가는 모랫길이 나 있다. 모래의 입자는 작을수록 썰매의 속도가 빠를 것이다. 어른 아이 할 것 없이 수백 명의 사람들이 푹푹 빠져 밀리면서 모래언덕 꼭대기로 올라갔다. 그리고 나무판에 몸을 맡긴 채 가파른 경사를 미끄러져 내렸다.

버스는 오후에 와인농장으로 들어섰다. 관광객들의 호기심을 상업성에 연관 지운 투어.

시간을 바쁘게 만들어 쫓긴 행로는 바다였다. 잔잔한 청록빛 바다가 사람들을 유혹했다. 해안가로 버스가 돌았다. 해변에 떠있는 아름다운 집들. 항구에는 수많은 고급요트들이 즐비하게 정박되어있다. 나는 형형색색 여유 있게 돌아다니는 관광객들의 평화를 훔쳐보았다. 그리고 배로 옮겨 탄 관광객들과 함께 돌고래를 찾으러 시푸른 바다를 헤치고 나아갔다. 강한 자외선이 남태평양 바다에 반사되었다. 이제껏 보아온 사람들이 선글라스를 쓴 채 낯선 얼굴로 서로를 보았다. 시원한 바람이 모자며 옷자락을 흔들었다.

갑자기 환성이 들렸다. 뱃전에 있던 사람들이 선미 쪽으로 우르르 몰렸다. 검은 형체들이 수면으로 튀어나왔다가 사라졌다. 돌고래들이다. 돌고래 떼의 수중 발레는 간헐적으로 나타났다.

*

넷째 날.

매표구 앞을 사람들이 줄을 지었다. 부모들은 아이들을 데리고 캥거루 옆에서 사진을 찍었다. 동물원 안에는 호주에 사는 동물들이 칸칸마다 모습을 보였다. 동물 인형인 줄 알았던 코알라가 유칼리나무를 안고 있다. 나뭇잎이 먹잇감이니 세상의 평안이 따로 없는 것 마냥 보였다. 수면제 성분이 함유된 유칼립투스 나뭇잎에 취해 있을까. 에너지가 부족하여 잠을 자는 코알라가 실눈을 뜨다가 감았다.

블루마운틴을 가기 전에 버스는 멈췄다. 강이 흐르는 풀밭이다. 한국사람 여럿이 고기를 굽거나 점심식사를 준비하고 있다. 가까운 곳에서 식당을 운영하는 교민들이라는 것이다. 흰밥과 미역국에 김치, 숙주나물, 돼지불고기 따위가 곁들였다. 며칠 만에 길들여진 밥을 먹은 셈이다. 소풍 나온 것 마냥 즐거운 모습의 여행객들은 종이커피를 들고 흩어졌다.

버스는 완만한 경사지를 오르고 있다. 한참을 지나도 유칼리 숲은 계속 이어졌다. 끝없이 이어진 산과 산 블루마운틴. 산들은 봉우리도 없이 그저 밋밋한 수평을 이루었다. 산맥은 온통 푸른 숲이 뒤덮고 있다. 그러나 산맥을 파고들자 가파른 협곡과 주변을 빼곡히 채운 유칼립투스 군락이 드러났다. 5년마다 껍질을 벗으며 갱생하고, 산불이 나서 모든 나무들이 불타버린 뒤에도 다시 새 껍질을 두르며 되살아나는 나무. 우리는 버스에서 내려 케이블카로 갈아탔다. 수직으로 달리는 협궤열차는 원래 탄광용 차량으로 개발된 것이다. 깊은 협곡으로 들어서자 따라오던 햇빛은 슬그머니 사라져버렸다. 다년생 양치식물이며 중생대식물들이 웃자란 그늘에는 음침한 기운마저 감돌았다. 버버리코트의 늙은이가 어디선가 불쑥 튀어나와 아들을 찾아내라며 내 멱살을 잡을 것만 같았다. 도대체 그 늙은이가 나와 무슨 상관이란 말인가.

고속도로가 막혔다. 휴일 나들이객들이 집에서 밖으로 튀어

나왔기 때문이다. 가다 서다를 되풀이하던 버스는 시드니의 외
곽에서야 제 속도를 냈다.

*

다섯 째날.

리무진 버스가 올 동안 여행객들은 호텔식당에서 아침을 먹
었다. 접시를 든 가이드는 내게 고개를 꾸벅하며 테이블 맞은
편에 앉았다. 그의 접시에는 빵과 치즈만 담겼다. 우유대신 커
피를 마시던 그가 입을 열었다.

"선생님은 혼자라서 불편하시지 않으신지요?"

"허허허, 애들을 데리고 온 분들보다야 낫겠지요."

나는 게살 스프와 쌀밥을 먹으며 오렌지주스를 마셨다.

"천천히 드세요. 저녁 스케줄은 유람선에서 건사한 식사가
제공됩니다."

그는 싱긋 웃더니 재빨리 호텔 밖으로 빠져나갔다. 버스가
온 모양이다. 낮 동안 버스는 포도농장으로 데리고 다니다가
기념품가게를 들렀다. 나는 손녀에게 줄 코알라인형과 양가죽
신발을 골랐다. 아이는 꼭 제 외할미를 빼어 닮았다. 외할미의
얼굴을 모르고 태어난 아이였다.

석양으로 물들었던 도시는 금세 어둠 속으로 잠겨버렸다.
유람선은 하버브리지를 지나 강바람을 가르며 천천히 나아갔

다. 어느새 강 양쪽으로 도시의 불빛들은 차츰 돋아나기 시작했다. 갑자기 배 안의 사람들이 술렁거렸다. 저녁식사가 나오기 시작했다. 나는 식탁에 놓인 가재요리를 포크로 찔러 입으로 뜯었다.

*

마지막 날.

해가 저무는 초가을의 시드니 강. 철교 아래로 앉아있는 하얀 오페라하우스 건물에 붉은 햇살이 떨어지고 있다. 벌겋게 물든 저녁노을이 동쪽으로 사라진 뒤였다. 사방은 점점 어두워지고 있다. 남반구의 보름달은 크고 밝았다. 거꾸로 뜬 달은 뒤집어진 채 물 위에 떠있다. 아내와 딸애가 죽었던 날 밤에도 달은 휘영청 밝았지.

시드니의 밤거리는 인파로 바글바글 들끓었다. 모든 인종들은 거리에서 거리로 흘러갔다. 시내투어가 계속된다며 안내자는 소리쳤다. 철교(하버브리지) 아래 시드니의 불빛들이 떨어지고 있다. 강물도 바다도 한데 뒤엉킨 넓은 수면이 도시의 야경을 머금었다. 하얗고 날렵한 곡선들이 겹겹이 만든 오페라하우스. 철근콘크리트건물의 지하 1층과 바다로 연한 길고 긴 테라스에서는 젊은 남녀들이 술과 음악을 즐기고 있다. 서늘한 밤바람이 사람들 속으로 파고들었다. 저녁식사가 끝나자 관광객들은 사진을 찍거나 끼리끼리 돌아다녔다. 나는 강화콘크리트 건물을 휘둘러보다가 버스가 대기했을 곳으로 천천히 걸었다. 그가 내 곁으로 다가 온 것은, 오페라하우스로 들어가는 길목이다. 깎인 사암층의 벽을 내려온 가느다란 담쟁이 이파리가 애처롭게 멈춰있다. 아직 온 사람은 아무도 없다.

"이따가 호텔에 돌아가시면 특별한 계획이라도 있으십니까?"

뒤따라 온 안내자의 목소리였다. 나는 주변을 휘휘 돌아다보며 말했다.

"뭐 별로 있겠어요."

"제가 소주를 한 병 구했는데, 선생님께 한잔 대접해도 되겠지요?"

"소주? 아, 술? 여기도 한국교민들이 있으니까…… 아하, 그 생각을 미처 못 하다니!"

버스가 호텔에 닿자마자 사람들은 우르르 내렸다. 아무래도 가는 날이 턱밑이라 이것저것 챙길 일이 있을 터.

누가 문을 똑똑 두드렸다. 안내자였다. 그와 함께 간 곳은 호텔에 안에 있는 조그마한 카페였다. 카페의 지배인인 듯 동양여성이 고개를 살짝 숙였다. 한국교민이라는 것이다. 참이슬병과 함께 구운 소시지와 육포를 내왔다. 그는 내게 두 손으

로 소주를 따랐다. 나는 남실거리는 투명한 소주잔이 너무나
반가웠다.

"대개 가족들이나 동반자 분들이신데…… 혼자 구경하시는
데 괜찮았습니까?"

"이 선생께서 안내를 잘 하고 챙겨주시니까, 불편한 건 없습
니다."

"교수님이시니까, 여행목적이 따로 있으실 줄 압니다마는,
저희 팀이 마흔 명인데, 유일하게 혼자이십니다."

그가 소주를 마시며 말을 이었다. 조명을 등진 그의 얼굴이
또렷하게 보이지는 않았지만, 조금은 들뜬 채 상기어린 표정
같다.

"……제가 이 머나먼 나라에 오게 된 것은 순전히 형 때문이
었습니다. 형은 군사정권시절에 운동권 학생이었고, 간첩사건
에 엮인 몸이 되었지요. 아버지는 그로 인하여 홧김에 약을 드
시고 자살하셨고, 집안이 풍비박산 되었습니다. 나중에 형은
수감 중에 어디론가 사라졌는데, 아무리 찾아봐도 국내에는 없
다는 것이었습니다. 누군가 호주나 일본으로 갔을 거라고 말
해주었는데, 그 무렵에 그런 사람이 몇이 있다는 소문이 떠돌
았지요. 어떻게 호주로 간 형과 연락이 되어 몇 차례 편지가 오
고 갔습니다. 그러던 중 한참 동안 형으로부터 연락이 뚝 끊어

지고 말았습니다. 그때만 해도 호주로 오는 절차와 비용은 쉽지가 않았지요. 기억상실증에 걸린 형을 시드니에서 보았다는 구체적인 소식을 듣고, 저는 찾기로 마음을 먹었는데…… 홀로 계신 어머니까지 잃고 싶지 않았던 제 마음이기도 했구요. 이곳에 와서 저는 형을 찾아 헤맸습니다. 그러나 형을 찾을 길은 막막하기만 했어요. 만약 죽었다면 어디에 묻혔는지 그 흔적이라도 찾아야 되지 않겠습니까? 한국교민들을 찾아다니며 여권을 연장하고 수소문 끝에 겨우 형이 묻혀 있다는 곳을 알아냈어요."

그는 단숨에 술잔을 쭉 들이켰다. 순간, 그의 눈빛이 섬광처럼 나를 찔렀다. 다시 입을 연 그는,

"서드니 서쪽에 있는 가톨릭공원묘지였습니다. 규모로는 세계에서 가장 크다는 공원묘지의 한쪽에 반듯하고 깔끔한 상태로 형의 비석이 있었지요. 마치 살아 누워있는 형의 모습을 본 것 같았습니다. 아무런 연고자도 없는 이역만리에서 죽어버린 이에게 이만큼 배려해준 이곳 사람들이 더없이 감사할 따름입니다."

어둑한 카페 안이 차츰 눈에 익었다. 그렇지만 나는 점점 가슴이 뛰었다. 그리고 검찰청 시절의 일이 어제처럼 떠올랐다. 아무리 오래된 일이었지만, 나와 그자가 취급한 사건이 분명했

다. 그렇다면, 혹시 이한길이라는 이 사람이 나를 알고 있다는 말인가. 우연의 일치라고 하더라도 그럴 리는 없다. 아니겠지! 그렇다마다! 지레 겁을 먹을 필요는 없다. 나는 큼큼 헛기침을 두어 차례 해댔다. 하기야 이십 년이 지난 일이지만, 더러 이런 곤혹스런 일을 맞닥뜨린 적이 몇 번은 있었다. 그렇지만 이역 만리에서 느닷없이 생긴 일이라니? 심장 저 바닥 어디에선지 천근만근 회한의 무거운 그림자가 나의 숨통을 죄여왔다. 나는 거푸 석 잔이나 마셨다. 그의 눈빛이 강하게 나를 쏘았다. 지배 인이 한 병을 더 내왔다. 나는 고개를 주억거리며 사뭇 듣는 자 세를 고치지 않았다. 그건 한밤중 깊은 숲속을 지날 적에 내뱉 는 큰 헛소리나 진배없다.

"왜? 다시 돌아가지 않고?"

"유학생활을 하면서 이곳에서 와이프를 만났습니다."

"그럼 아내도 유학생이었소?"

"아닙니다. 장인어른이 이민을 오게 되어 여기서 자랐지 요."

"그래서 눌러 앉게 된 거요?"

"……와이프가 첫 아이를 육 개월 만에 유산을 했지요. 의사 가 엑스레이 촬영을 하더니 태아의 신장이 없다는 거였어요. 제게는 너무나 큰 충격이었습니다."

그는 소주를 홀짝이며 나를 찬찬히 훑어보았다. 저 사람이 자기 자신이 살아온 내력을 스스럼없이 내게 털어놓은 까닭이 무엇인가. 나는 실핏줄까지 서서히 불안감으로 채워졌다. 막연한 기우일까. 우연이겠지. 이야기를 들으면서 순간순간 그의 속셈이 궁금했다. 어쩌면 여행의 안내가 끝나가는 시점인지라 관광소감이라도 알아내려는 것일까. 아니면 내가 교수라니까, 한국의 소식이나 여론이 궁금해서 일까. 그도 저도 아니라면 소주의 힘이 작용했을 수도 있다.

다시, 그는 의사의 말대로 아내의 위험한 수술을 옆에서 지켜보았다. 죽은 아이는 작은 관 속에 담겨져 화장을 했다. 생각지도 않았는데, 의사와 목사까지 따라와 현장에서 목례를 하더라며. 뿐이랴, 장례식이 끝난 뒤 출산장려금이 무려 천 수백만 원가량 통장에 입금되었다. 더욱 난감한 일은 장례비 명목으로 칠백만원 쯤 나왔다. 아이가 너무 불쌍하고 애잔하여 호적에 올린 연고였다.

영국에서 수만 리까지 죄수들이 끌려와 새로운 땅을 일구고 발전된 나라 호주. 백인위주의 사회가 거슬리기는 하지만, 그 차별이란 능히 극복할만 하다고 생각하며 그는 수십 번 고민을 했다는 것. 고향으로 갈 것인가? 머물 것인가? 아내가 그의 눈치를 보더니 이렇게 말했다든가. 국가는 국민이 책임과 의무로 지키는 것인데, 당신의 나라는 과연 그러냐고. 그리고 두 남매가 태어났다는 것이다. 그는 모든 아픔을 수습하고 극복하며 아이들의 미래를 그리고 있다지 않는가. 나는 계속 술을 홀짝이며 고개만 주억거렸다.

"선생님? 벌써 세 병째인데, 내일을 위해서 그만 들어가 봐야겠습니다. 사실은 오늘이 제 아버지가 돌아가신 날이었어요. 기분이 찜찜했는데 아버지와 비슷하신 선생님과 이야기를 하고 보니 조금 풀리는 것 같습니다. 함께 해주셔서 감사합니다."

그가 나를 모르는 건 분명했다. 알 까닭이 없겠지. 이한길은 내게 고개를 숙이며 뚜벅뚜벅 걸어 나갔다. 나도 승강기를 타고 호텔방으로 돌아오면서 머릿속이 헝클어졌다. 왜? 당신의 피붙이들에게 피해를 준 사람이 나일지도 모른다고 말을 못했던가. 머릿속 어느 계곡에 묻힌 기억이 전두엽의 틈을 비집고 나왔다. 고래힘줄보다 더 질긴 그 기억은 구겨지지도 찢어지지도 않았다. 나는 또다시 여태껏 비겁한 나를 발견했다. 또렷한 정신을 잠재울 길은 없다. 그 시간이 지났다고 해도, 내 기억들은 미친 듯 나를 몰아세우고 있다. 아내와 딸을 앗아간 것이 나의 죗값이라는 생각은 여전하다. 아니, 기억은 제 맘대로 떠돌고 있다.

내 육신이 느끼는 시간.

내 영혼이 느끼는 시간.

땅 위의 시간에서도 하늘에서의 시간에서도 다 그랬다. 그것은 인간이 지닌 한계로 말미암은 슬픔이다.

*

거대한 짝퉁의 새가 편 날개 그대로 하늘높이 떴다.

사이판 섬과 마닐라 사이를 통과하는 인조의 새. 새의 뱃속에서 화면의 점은 지루할 정도로 이동했다. 머릿속에는 피상적인 지도가 그려졌다. 새의 그림자가 도달해야 할 지점은 10,497미터의 필리핀해구 어디쯤인가. 태평양의 가장 깊은 수심이라야 결국 지표면인 것을. 지구의 핵은 태양에서 튕겨진 그 뜨거움으로 타들어갈 것이다. 그 불길이 내뱉는 뜨거움조차 한계점은 있으련만. 나는, 내가 목숨을 부지하기 위해 살아왔던 그 짧고도 긴 순간들이 너무나 괴롭다. ★

나비의 뼈

1. 꿈

예기치 않은 일에도 원인은 있다. 창문으로 틈입한 요란한 가을 빗소리가 귓속을 헤집었다. 전화기가 울린 것은 바로 그때였다. 단말마의 발악을 했을 성 싶은 그 순간? 아니, 정확하게 말하자면 악몽의 마지막 이미지에 가위눌렸을 그 찰나였을 것 같다. 그것들은 약속이라도 하듯 한꺼번에 부딪쳐 머릿속에서 이내 폭발했다. 나는 잠에서 확 깨었다. 휴일이어서 나른한 몸을 깊이 끌어안았던 잠마저 금세 멀리 도망쳐버린 건 당연지사.

머리를 흔들어 봐도 생생하기 이를 데 없는 꿈이었다. 조각난 꿈의 토막들을 다시 맞추어보았다. 아무리 생생했어도 꿈을 깬 다음의 기억이란, 그다지 신통치 않았다.

유채꽃들이 끝없이 펼쳐진 노랑바다 위로 오직 흰나비 한 마리가 너울너울 춤을 추었다. 이윽고 나비는 날개를 바르르 떨며 꽃 대궁에 가뿐히 내려앉았다. 나는 살금살금 다가가서 날개를 잡으려고 손을 뻗쳤다. 그러자 나비는 알고라도 있었다는 듯 다시 떠다녔다. 날 잡아봐라 듯 훌쩍 떠다니는 나비의 유혹과 내 욕망은 지칠 줄 모르고 숨바꼭질을 해댔다. 그러길 얼마나 헤맸는데, 어느새 나비는 보이지 않았다.

묘지였다. 오래된 공원묘역인 듯 질서정연하게 조성된 뭐, 그런 형태의 장소였다. 전체적으로는 학교의 운동장만큼 꽤 넓었다. 그러나 장기판같이 가로와 세로로 구획되어 묘지와 묘지 간의 경계가 확연히 드러났다. 묘지들은 개별적으로 기단과 석물을 깎아 만들어 세워졌다. 그것은 마치 사찰의 오래된 부조나 석탑처럼 이끼와 햇볕으로 부옇게 바랬다. 세월의 앙금이 가라앉은 그 묘역은 야트막한 야산 자락으로 비스듬히 기울어져있었다. 따사한 느낌이 들었고, 수목들 사이로 빛이 새어나와 그다지 어둡지 않았다.

전체가 조망되는 산의 중턱쯤 먼발치에서 묘지를 하나하나 살펴보았다. 그런데 어디선가 풍겨 나오는 기분 나쁜 냄새가 코를 찔렀다. 시신은 불에 태워 유골만 수습했거나 그냥 땅속으로 매장을 했을 텐데, 콧속을 찌르는 고약한 냄새의 정체는 무엇이란 말인가. 역겹게 쿠린 냄새는 마치 오랜 시간 동안 물에 떠다니며 썩은 시체 냄새 비슷했다. 나는 의문에 사로잡혀 골똘히 생각하다가 무연히 어떤 예감이 들었다. 혹시나 짐승들이 시신을 훼손했나?

어디선가 갑자기 어수선하게 소란스러웠다. 스무 살쯤의 젊은 남자들이 묘지 사이를 들락날락거리며 킬킬거렸다. 대략 대여섯, 혹은 열 명 정도의 저들은 누구인가. 성묘를 하러 온 사람들일까. 그들이 에워 싼 중심에 뭔가가 있나보았다. 궁금증과 조바심은 왜? 나를 잡아끌었나. 나는 궁금증을 참지 못하여 묘역의 아래쪽으로 마구 뛰어갔다. 그런데, 점점 대각선상으로 다가와 눈에 확 들어온 물체를 보며 걸음을 멈칫거렸다. 까맣게 불에 탄 것 같은 동물의 사체 같았다. 가만가만 발걸음을 조심스럽게 떼면서 접근했다.

앗! 저건 무엇인가. 높다란 비석의 맨 위에서 아래로 걸쳐진 저것은? 비석의 용머리 위에 고꾸라질 듯 아슬아슬하게 고개를 수그린 자세로! 그것은 분명히 사람의 형상을 닮아있었다. 대머리의 두상으로 빼빼 마른 미라의 모습. 까맣게 썩어 말라 비틀어진 시신이 기다란 돌에 내려뜨려 져 있었다. 괴이하고 끔찍한 물체가 바로 내 눈 앞에 나타난 것이다. 아아, 그런데 처참한 미라는 널브러진 자세로 내 시선과 마주쳤다. 영혼이 남아있는 것처럼 미라의 눈은 이상야릇한 빛을 내게 던졌다. 눈빛은 살아있어 마치 영혼이 미라의 육신을 조종하는 것인가 하는 이상한 생각조차 들었다. 한참을 보고 있자니 미라의 두 개골은 혈기가 돌아 점점 사람의 얼굴로 변했다. 어디선가 본 듯 왠지 낯이 익었다. 짙은 눈썹아래 강렬한 눈빛과 두툼한 입술이며 각진 턱. 사진 속에 있었던 훤칠한 사내였다. 혹시 작은 외삼촌이라는 바로 그 사내가 아닐까?

다른 묘지들을 둘러보았지만, 무덤 바깥으로 나온 시신들은 없었다. 육탈이 안 된 시신이 어떻게 바깥에 나와 있을까. 도무지 이해가 안 되어 어리둥절했다. 나는 무섭고 두려워 빨리 그곳을 뒤로하고 뛰었다. 아무리 용을 쓰고 뛰어도 발걸음은 멀리 나아가지 못했다. 하는 수 없이 다시 미라가 있는 자리로 되돌아왔다. 그런데 아까 그 미라는커녕 아무것도 없어진 상태였다. 소란스러웠던 사람들의 모습도 보이지 않았다.

갑자기 누군가가 내목덜미를 잡아당기는 것 같아 오싹한 느낌이 들었다. 고개를 돌려보니 앗! 사내의 얼굴은 온데간데없고 미라가 헤벌쭉하게 비웃고 있는 게 아닌가. 나는 온힘을 다하여 목청껏 소리를 질렀다. 눈을 떴지만 등짝이 축축했다. 꿈을 깼어도 괴이한 느낌은 뇌리를 떠날 줄 몰랐다.

*

저쪽의 목소리는 외삼촌의 아들이었다. 쌍둥이형제 중 동생인 우식가 울먹이며 말문을 텄다.

"……아버지, 돌아가셨어요."

"언제?"

"어제 오후요."

여든 살의 노인은 저승길로 사라진 것이다. 머리털이 하얀 노인이 안방에 반듯이 누워 눈을 감고 있는 모습이 떠올랐다. 그런데, 우식이의 이어진 말에 나는 아연실색하고 말았다. 나의 예상을 멀리 던져버리듯 느닷없이 터져 나온 쌍둥이의 말.

"그런데요, 진우 형?"

"왜? 뭐!"

"화물트럭에 치셨어요. 울 아부지가."

2. 술

언제였더라? 신군부를 만든 대머리대통령의 집권 말기였던 것 같다. 무거워진 하늘이 기어코 빗줄기를 쏟아냈던 휴일 아침이었지 아마. 봄비였다. 나는 머리에 깊숙이 똬리를 튼 기억을 어렵사리 꺼냈다.

그때 나는 평소처럼, 반바지차림으로 터져 나오는 하품을 하며 거실을 지났던 것 같다. 그리고 습관처럼 현관문을 열고 던져진 신문부터 가져왔다. 비오는 날이면 신문은 둘둘 말려져 비닐봉지 속에 들어있었다. 신문을 들고 거실 소파에 주저앉았다. 아내도 여느 날보다 뒤늦게 부엌으로 들어갔다. 싱크대 앞에서 달그락거리는 소리가 들리는가싶더니 아내의 목소리가 화살처럼 날아왔다.

"이쪽으로 좀 와 봐요!"

"뭔데 그래?"

"여보, 저기 바깥 좀 내다 봐요. 아까부터 저 사람이 서성거리며 어딜 찾는 것 같아."

신문을 뒤적거리다가 마지못해 일어나 아내 쪽으로 다가섰다. 그녀는 대파를 다듬다 말고 물에 젖은 손가락으로 유리창 밖을 가리켰다. 봄비치곤 제법 주룩주룩 비가 내렸다. 연립주택들과 붉은 벽돌집들이 다닥다닥 붙어있는 길에 웬 사람이 서성거렸다.

"흰머리 저 사람! 외삼촌 닮은 것 같지 않아요?"

외삼촌이라니? 뭘 잘못 보았나. 하긴, 세상에 살아있는 외삼

촌은 내게 단 한 사람뿐이었다. 싱크대 앞에서 고개를 갸우뚱
하던 그녀의 반응이 연이어 터졌다.

"어머! 이를 어쩌나? 정말로 외삼촌 같아요."

틀림없다는 확신 뒤에 곤혹스러운 생각이 뒤를 이었다. 뭔
지는 모르지만 사전에 연락도 없이 불쑥 나타난 거라서 더욱
그랬다. 그도 그럴 것이, 외삼촌은 머나먼 고향 땅에 계실 거라
는 생각이었다. 남쪽에서 서울까지는 버스로 족히 일곱 시간도
넘는 거리였다. 외삼촌을 뵌 지 몇 년이 지났던 터였다. 이제
막 봄기운이 돋아서 농사철 준비에 바쁠 것인데, 무슨 일이랴
싶었다. 그리고 철두철미한 옹고집장이 어른이 미리 전보나 전
화를 하지 않고 올 리 만무했다. 어쨌거나 그런 노인이 불쑥 나
타난 것만으로도 놀랄 일이었다.

북쪽 골목길과 연한 연립주택의 부엌 창문에서 보면 길을
오고가는 사람과 차량이 한눈에 보였다. 3층 집이니, 자연히
아래에서 움직이는 물체들은 훤히 드러났다. 물기가 번들거리
는 골목길을 우산도 없는 사내가 어정거리고 있었다.

아내의 말이 끝나기도 전에 나는 바깥으로 뛰어나갔다. 작
은 체구의 늙은 사내가 이쪽으로 고개를 돌렸다. 흰머리를 바
짝 올려 깎은 얼굴은 무표정에 가까웠다. 그는 밤색신사복이
후줄근하게 젖은 생쥐 꼴이었지만, 조금도 쑥스러워하지도 않

았다. 그는 낡은 검정 가방을 들고 서있었다.

"외삼촌?"

"아따 여그였구만."

박쥐우산을 받쳐 든 그의 첫인사말이 그랬다. 현관문이 열리고 시멘트바닥을 때리는 빗소리가 멀어졌다.

"잘 있었더냐?"

외삼촌은 웃는 듯 마는 듯 엉거주춤하며 입을 달싹거렸다. 그리고 거실 소파에 앉았다. 아내와 나는 큰절을 올렸다. 신사복 윗도리의 넓은 깃에 사선 문양의 넓은 넥타이를 맨 그가 꼿꼿한 자세로 받았다. 피곤한 기색이 역력했지만 눈빛은 형형했다.

"옷을 벗고 이이 옷으로 갈아입으세요."

아내는 젖은 겉옷을 말려주려 했지만 노인은 한사코 거절했다.

"서울에는 웬일로 올라오셨습니까?"

말해놓고 나서 아차 싶었지만, 입을 다물었다. 말의 실수라기보다는 과묵한 외삼촌의 심중에 어떤 파문을 드리울까 걱정이 앞선 탓이었다. 오래 전, 작은외숙모 즉 그의 제수가 모두를 싸잡아한 말이 절연으로 치달았던 일이 불쑥 떠올랐던 것이다.

"으음, 저그 군청에서 단체로 안보관광을 시켜 준다길래 왔는데 너 좀 보려고 일행에서 빠져나왔다."

"어디를 다녀오셨는데요?"

"무슨 관광이신데요?"

내 말을 아내가 덧붙여 거들었다.

"군청에서 늙은이들을 무료로 구경시켜준다고 데리고 간 거여. 각 마을 경로당에 모두 연락해서 말이여."

"어디 어디 다녀오셨어요?"

"남침땅굴을 두 군데나 갔었고, 응 거 휴전선 근방에 있는 무슨 전적비라는디, 그 장소에서 육이오 때 우리 군인들하고 인민군들이 밀리고 미는 격전지라서 엄청나게 많이 죽었다더라."

외삼촌은 말을 뱉어놓고 말의 의미가 힘들었는지 맥이 풀려 보였다. 검버섯이 어룽진 이마를 덮은 하얗게 센 머리가 물기에 붙어 몰골은 더 초라했다. 체육관에서 선출된 대머리대통령이 사단장 노릇을 할 적에 발견되었다는 땅굴이었다. 무등산 아래에서 그 난리가 일어난 후에 외삼촌은 얼마나 비분강개하며 울었던가! 그런데, 무슨 까닭으로 늙은이들과 함께 그런 곳을 다녀왔을까. 하긴, 생애는 온갖 어지러운 기억과 욕망으로 범벅되어있으니 스스로 분노의 위로를 받을 일도 생기겠지. 생존을 언급하면서 두려움을 느끼는 게 인간이니까. 외삼촌은 갈

중이 났는지, 맥주를 목젖으로 넘기는 꿀꺽 소리가 들렸다.

"아무리 서울이라지만 너희들 집 찾기가 힘들더구나. 그전에도 여기였더냐? 이제는 기억조차 예전 같지 않구나."

"맞아요. 그대롭니다."

"으음, 내가 늙은 탓인가."

외삼촌은 흠흠 헛기침을 하며 겸연쩍은 표정으로 서있는 아내를 흘깃 쳐다보았다. 아내는 무슨 생각이 들었는지 약간 고개를 수그리며 비켜나갔다. 바깥에 떨어지는 빗소리는 여전히 안으로 틈입했다. 외삼촌은 그제야 주위를 두리번거리더니 가만히 입을 열었다.

"너한테 할 말이 있어 겸사겸사 왔다."

외삼촌은 성질이 급하여 딱 부러지게 호불호가 분명했다. 꼬장꼬장한 말씨로 누구나 말 붙이기가 어려웠다. 3백리나 떨어진 곳에서 혼인식을 참석하고도 아들내외가 하룻밤만 주무시라고 애걸했지만 버럭 역정을 내며 와버리는 것이었다. 그건 누구든 예외가 아니었다. 누구를 방문했어도 인사를 마치면 떠날 채비부터 차리는 것이 습관처럼 몸에 배어버렸다. 그는 남에게 폐를 끼치는 일이 싫었고, 언제부터인가는 사람들 사이에 끼어있는 것조차 불편해했다. 그런 일이 오래 되다보니, 이제 사람들은 으레 그러려니 하며 그를 붙잡지 않았다. 그러면서도

그의 뒤통수에 대고는 참으로 멋대가리가 없다는 둥 말꼬리를
붙였다.

나는 안방에 들어가 양주병을 꺼내왔다. 그리고 조니워커의
병마개를 비틀었다. 유리잔에 따라 외삼촌에게 권했다. 그는
젓가락을 들어 고깃점을 씹더니 단숨에 술잔을 비웠다. 그리고
거실에 걸린 그림을 올려다보았다. 안개가 자우룩한 늦가을의
산세가 추레한 마을을 감싼 한국화였다. 그의 시선은 벽과 바
닥을 더듬거리며 무슨 말을 할 듯 말 듯 머뭇거렸다. 이내 독한
술이 또 한 잔 들어가자 외삼촌은 불콰한 얼굴이 되었다.

"니가 알고 있는지는 모르겠다마는, 우리가문은 대대로 벼
슬을 한 집안이었느니라. 고조부께서는 참의 버슬을, 중조부께
서는 수군만호를 지내셨고, 조부는 군수를 하셨다. 선친께서
일본 놈들 밑에서 면장을 하셨다마는, 그것은 나라가 못나서
그랬지. 선친이 나한테 말씀하기를, 순국지사나 독립운동가도
해야 되겠지만 모두 만주나 외국으로 떠나 가버리면 선산 땅하
고 백성들은 누가 지키겠냐고 하셨느니라. 면장을 하실 적에도
일본 놈 지서주임하고 놋그릇 공출이나 징병문제로 사사건건
싸워서 결국은 그만 두시지 않았겠냐. 다행히 니가 공직에 있
다하니 그나마 집안이 망하지는 않은 모양이다. 그런디 니, 작
은삼촌 일만은……"

그리고 아주 힘들다는 듯 무겁게 입을 열었다.

"세월에 장사가 없더구나. 생각해보니 느그 작은외삼촌집
안이 그렇게 된 후에 형이라는 작자가 어린 조카들을 내버려둔
게 두고두고 후회가 되었다. 더욱이 이제까지 묘지도 없이 동
생의 제사를 지낸 조카들을 볼 면목이 없어야. 제수씨도 가버
린 마당에 그게 늘 걱정이 되었지만."

외삼촌은 행방불명이 된 자신의 동생에 관한 말문을 떼었
다. 그것은 참으로 괴이한 일이었다. 이제 망부석처럼 모두의
가슴 속에 박혀있을 뿐, 아무도 꺼내지 않는 일이라 듣기가 민
망하기 그지없었다.

"사실 니 작은삼촌의 묘는 따로 있느니라. 다만, 뼈가 묻혀
있지 않은 것이 흠이다마는……"

이 무슨 해괴한 말씀이란 말인가. 생사조차 불분명한 작은
외삼촌의 묘라니! 나는 감전된 듯 몸이 오싹하고 머릿속이 어
뜩어뜩했다. 깜짝 놀라 벼락이라도 맞은 충격이었다. 전혀 상
상하지 못한 일이 느닷없이 다가와 나를 칭칭 감았던 것이다.
예기치 못할 일들은 언제나 음흉하게 숨어 있다가 돌연히 나타
났다.

"외삼촌!"

"그때 가묘라도 해놓은 일이 천만다행이었다. 니가 공무원

으로 있는 것도 따지고 보면, 그 일과 무관치 않은 것이니라. 덕분에 우리 가문이 더 이상 망가지지 않았다고 생각한다. 그리고 어차피 네 작은삼촌의 유골이라도 찾으면 묻을라고 했던 것이니, 자리는 확보 해놔야 할 것이여. 이제는 어디에 있더라도 살아있을 리 만무하제만, 유골이 없다손 치더라도 흔적은 만들어야 하는 것이 맞제. 그게 인간이 인간에게 할 도리니라. 내가 앞으로 산다고 한들 이제 얼마나 더 살겠냐. 나도 동생을 기다리다가 지쳤다."

그는 눈을 감았다 뜨며 아주 나직한 말씨로 한숨을 쉬며 이었다.

"진우야? 흩어져 있는 묘를 한곳으로 모아 정리를 해야겠다. 출가외인이라고 하지만 부모에 대한 문제니까, 느그 엄마가 살았더라면 이모까지 의논하여 처리했을 것이다. 네가 이모한테 가서 내 말을 전하고 모시고 오니라."

3. 정

살아있을 적에 엄마는 가끔 자신의 친정에 관한 말을 했다. 두 오빠 아래로 딸 둘이었다. 어려서 병치레로 죽은 형제를 제

외하면 모두 넷이었다. 큰외삼촌과 작은외삼촌은 외모와 성격부터 달랐다고 한다. 우선 큰외삼촌은 외할머니처럼 체구가 작고 차돌멩이처럼 야무지게 생겼다. 거기에 비하면, 작은외삼촌은 외할아버지처럼 기골이 장대하고 눈이 서글서글하여 잘 생긴 편이었다는 것이다.

이모는 어머니보다 두 살 아래였다. 쪽진 머리의 길쯔막하며 흰 얼굴은 젊었을 적의 엄마모습 그대로 닮아있었다. 낭랑한 목소리가 걸걸한 목소리의 엄마와 달랐지만, 외모는 판박이였다. 엄마가 돌아가신 뒤로 나는 한동안 이모를 자주 찾아 엄마의 추억을 애써 반추했다. 근래에 그녀를 자주 찾아뵙지 못했다. 그녀는 일찍이 혼자되어 딸의 집에서 살았다. 정확히 말하자면, 그녀는 딸에게 얹혀있다고 해야 맞다.

서울에서 반나절을 고속버스로 항구도시에 도착했을 때는 석양의 그림자가 길게 드리워질 무렵이었다. 나는 종합버스터미널 부근의 공중전화부스를 찾았다. 공설운동장 부근에서 다른 곳으로 이사를 했다는 말을 전해 들었기 때문이다. 그리고 수첩에 적힌 전화번호를 다시 확인했다. 동전을 넣고 까르륵거리며 다이얼 돌리는 소리가 그치자 몇 차례의 발신음이 건너갔다. 저쪽에서 전화를 받은 목소리는 뜻밖에 어린 여성의 목소리였다.

―서울에서 온 동생인데, 누구? 엄마 계세요?

할머니만 있다는 답변으로 미루어 전화로 길게 말 할 필요가 없었던 터라,

―여기가 버스터미널인데 택시를 타고 집으로 갈려면 어떻게 말해줘야 할까?

복잡하게 설명하는 상대방의 의도는 친척으로 짐작되는 이방인이 염려되었을 것이다. 나로서는 도착지점만 정확하게 알면 되었다.

택시기사는 목적지를 듣고 고개를 끄덕이며 엑셀을 밟았다. 작은 도시의 가로등이 하나 둘 불을 밝혔다. 도로를 따라 이십여 분이나 지났을까. 상가를 이루는 거리의 양 쪽으로 3, 4층 높이의 그만그만한 건물들이 죽 늘어서 있었다. 환한 쇼윈도의 불빛들과 네온사인이 뒤섞인 중심을 지나 도로의 모서리에서 택시는 멈추었다. 자그마한 3층 건물의 아래는 악기점이었다. 쇼윈도와 유리문 너머를 피아노며 기타, 트럼펫, 양철북 따위의 악기들이 어수선하게 채우고 있었다. 나는 유리문을 열었다.

"어머, 누굴까 했는데 동생 아냐? 애가 서울에서 내려온 사람이라고만 해서……"

"오랜만입니다, 누나. 이모님을 내일 외삼촌한테 모시고 가

려구요."

마흔을 훨씬 넘긴 이종사촌누나였다. 그녀는 이모를 닮아 하얀 피부였으나 훤칠하게 컸다. 아마 그녀의 아버지를 닮았으리라. 오래 전 친척의 결혼식에서 보았을 때보다는 사촌누나의 얼굴은 더 야위어보였다. 그녀의 아버지를 본 적이 전혀 없다. 내가 어렸을 적에 이미 이모부는 저 세상 사람이었다.

"이모님은 잘 계신가요?"

"위층 살림집에. 잠깐 기다려 봐."

그녀가 책상 앞에 붙어있는 벨을 눌렀다. 그러자 가게 바깥에서 안으로 열 예닐곱 살 쯤의 여자애가 성큼성큼 들어왔다.

"잘 모를까? 우리 딸인데."

어쩌면 아주 오래 전에 이모의 초청으로 돌잔치에서 본 아이였을 것 같았다. 넓은 마당이 딸린 집에서 돌잔치를 했던 기억이 고물고물 되살아났다.

"얘! 삼촌 모시고 할머니한테 올라가거라."

누나가 사무적인 말투로 딸에게 말했다. 하긴 그녀는 붙임성이 있거나 그리 싹싹한 성품은 아니었다. 가게 바깥으로 난 계단을 밟고 3층으로 올라갔다. 아이가 현관문을 열었다. 허리가 굽은 이모는 안경 낀 얼굴로 마루에 서서 나를 맞이했다. 그리고 내게 손을 내밀었다. 그녀의 쭈글쭈글한 손등은 마치 앙상한 담쟁이넝쿨이 기어가는 것처럼 굵은 힘줄이 도드라졌다.

"왔냐? 나랏일로 바쁜 사람을 불러서 미안하구나. 하루하루 나이는 먹어가고 나도 금방 언니 뒤를 따라 갈 때가 되다보니, 너희들이 자꾸만 보고 싶었단다. 하기야 세월은 금방이고 언니도 돌아가신지 오래되니까, 너희들하고도 남처럼 되는구나. 내 꼬라지가 이래서 자주 연락도 못했느니라. 애들은 잘 있고?"

이모는 늙은이답지 않게 카랑카랑한 목소리로 물었다. 그리고 내 손을 쥔 채 방으로 끌었다. 나는 엎드려 절을 올렸다. 그녀의 안경 너머로 어느새 눈물이 흘렀다. 나는 살며시 소매 밖으로 드러난 그녀의 손목을 다시 잡았다. 하얗고 고왔던 이모의 얼굴은 자글자글한 주름살과 검버섯이 어룽어룽 번져있었다. 쪽진 흰머리의 가르마마냥 그녀의 성품은 똑 부러지게 일생을 관통했다. 모진 세월이 그녀의 운명을 난도질했던 것이다.

내가 가져온 가방에서 이모에게 드릴 홍삼을 찾을 때, 방문 밖에서 이모의 음성이 들렸다.

"아니다! 내버려둬라."

그러자, 계단 아래쪽으로 짐작되는 곳에서 이종사촌누나의 목소리가 들려왔다.

"엄마가?"

"그런다니까."

이모는 미닫이문을 열고 내게로 다가오면서 따뜻하게 말했다.

"시장하겠구만. 느그 누나가 준비한다는 것을, 내가 밥상을 차린다고 했다. 조금만 기다리고 있거라."

부엌 싱크대 쪽에서 달그락거리는 소리가 났다. 청상의 고통을 운명으로 알고 살아온 이모는 무엇으로 스스로를 위로하였을까. 이모부는 자유당시절 도의원에 출마했다가 정적의 하수인이 휘두른 칼에 찔려죽었다. 딸집에 얹혀살며 손자들을 키우고 살림을 거들었던 세월이 그녀의 보람이었을까. 허리도 신통치 않은 그녀가 미닫이문을 열었다. 싱크대 밑에 있는 밥상을 가져가려는 그녀를 밀치고 내가 밥상을 들었다. 먹성 좋게 뚝딱하고 밥상을 물리자 이모의 얼굴은 밝아졌다. 그러더니 묻지도 않았는데 이사하게 된 이력을 털어놓았다. 가게와 살림집이 떨어진 불편 때문에 살던 집을 팔고 이쪽으로 이사를 왔다는 것이다. 사촌매형은 원래 음대를 나온 트럼펫연주자였다. 어찌어찌하다가 악기의 수리며 피아노의 대리점을 하게 되었다. 작은 도시의 상품수요는 한정되어 그다지 벌이가 신통찮았다. 가끔은 도시에서 멀리 떨어진 섬이나 벽지의 학교까지 출장을 가는 일이 잦았다.

이모는 아래층 가게에서 올라온 사촌누나를 더러 의식하는 듯했다. 대화의 중동무니를 자르면서 느닷없이 교회 얘기를 꺼내는 것도 그랬다.

"하나님을 믿으면 마음이 편안하단다. 참말로 그라제. 우리 애기들 하고 너희들 모두 잘 되게 해달라고 기도하는 일이 좋은 일이제. 하느님이 우리를 극락으로 보내줄 것이여. 안 그러냐?"

이모는 딸을 돌아보며 반문했다.

"엄마는 또 그러네. 하느님이 아니고 하나님이라고 그랬잖아요. 극락이 아니고 천국이라니깐. 천국!"

딸의 말에 무안을 탔는지 이모의 얼굴이 조금 발그레해졌다. 그러나 내가 정작 놀란 것은, 이모의 입에서 하나님! 소리가 나왔다는 점이다. 젊었을 적에는 엄마와 함께 그토록 지극정성으로 절에 다녔던 이모가 아니었던가. 사위와 딸의 부추김으로 교회를 나다닌다는 사실이 아주 낯설었다. 그녀에게 있어서 교회가 영원의 의지나 삶의 연장을 위한 수단만은 아닌 것 같았다. 이제 험난한 생의 여정 끄트머리에 다다른 그녀가 무슨 욕망이 있으리. 오로지 삶조차 초연한 이쯤에서는 부처도 예수도 공자도, 절대자가 아닌 평안한 진리의 안내자로 존재할 뿐이다.

그날 밤 나는 이모의 방에서 함께 자게 되었다. 이모의 간곡한 부탁이기도 했지만, 나로서도 어머니의 냄새 같은 추억이 그리웠다. 이부자리를 나란하게 펴놓은 사람은 사촌누나였다. 그녀 역시 나와 비슷한 생각이었으리라. 피붙이들의 상면이 늙은 친정엄마에게 그다지 자주 와줄 기회가 아니었으니. 이모는 연신 웃음을 띤 얼굴로 나를 바라보았다. 딸만 낳고 청상으로 살아온 늙은 여인에게 오롯이 느껴지는 것도 있나보았다.

이런저런 말이 끊기다가 이어지며, 어찌어찌 작은외삼촌 댁의 이야기가 나왔다. 이모는 간혹 기억을 더듬다가 당신이 보지 않았던 생각까지 보탰다.

"우리 면에서는 모두 말하기를 괜찮은 인물이 나왔다고 그랬느니라. 서울에서 의과대학을 나온 오빠가 빨갱이였다니, 누가 믿었겠냐. 언니도 나도 도저히 믿을 수 없었제. 그래도 그것이 현실이었은께, 온 집안에서 걱정이 태산 같았다. 다행히도 군청에 다니는 큰오빠가 머리를 써가지고는, 서울로 이사 간 것으로 소문을 내고 죽은 일로 만들어버렸제. 그래서 우리 집안은 그 무지막지한 시절에도 화를 면했어야."

나는 어렸을 적의 막연했던 기억들을 다시 이해하게 되었다. 이모의 조곤조곤한 목소리는 엄마의 이미지로 스며들었다. 엄마의 설핏 웃는 모습이 떠올랐다. 엄마가 살아있었다면 어땠을까. 그런데 나의 감정이 뇌리를 휘저어 마음으로 애걸했다.

"이모……?"

"왜, 뭐 말이냐?"

"저…… 부탁이 하나 있는데."

"원 참! 나한테? 무슨 말인가 해봐라."

"저어…… 이모 가슴 좀 만져보면 안 될까 하고?"

"아이고, 참! 너도 별 일이다. 다 커서도 가끔 엄마 생각이 나는가 보네. 그라제만 어쨌다냐. 자, 그래. 실컷 만져봐라 마는…… 그런디 뭣이 남아 있겠냐."

필시 젖 한 방울마저 남아 있지 않다는 뜻 일거였다. 이모는 부끄러운 기색도 없이 배시시 웃었다. 그리고 옆으로 돌아누우며 하얀 잠옷의 단추를 풀어 가슴을 헤쳤다. 아아, 거기에는 오래된 여인의 쭈글쭈글하여 말라빠진 젖가슴이 드러났다. 에곤 실레의 그림에나 나옴직한 메마른 육신이었다. 그것은 종착역으로 가까워진 사람의 이정표와 다름없었다.

"진우야? 팽팽했던 육신이 쭈글쭈글해지는 것은, 누구나 피할 수 없는 일인께 절대로 수치가 아니란다."

내 마음을 읽고나 있었던 것처럼 이모는 덧붙였다. 나는 차마 만지지 못하고 가슴이 복받치며 울컥 눈물이 났다.

4. 묘

밀려들어온 남쪽바다는 뭍에서 멈추며 평야를 만들었다. 툭 터진 평야는 다시 멀리 산봉우리들을 불러들였다. 불어오는 눅눅한 바람에도 불구하고 해무는 뭍으로 자욱하게 뻗어있었다. 구름 뒤에 숨었다가 가끔 나타난 햇덩이는 녹록치 않았다. 내 등짝으로 배어든 땀이 부자연스러웠다. 새로 깎아 만들어 푸석거린 황톳빛 신작로는 중간 중간 패어있었다.

어디선가 포클레인의 굉음이 들렸다. 저수지를 막는 둑 공사장을 지났다. 현장사무소인 듯 기다란 조립식 건물이 멀어졌다.

"수원지 공사를 한다고 진즉에 묘 이장공고는 나왔어. 하긴 말이여, 그냥 물속으로 잠겨도 할 수 없제. 그래도 어떻게 해야 할 것이구만. 다른 묘들도 벌써 하나 둘 옮기는 모양인디, 우리라고 별 수 있겠냐. 이참에 어른들 묘소를 정리하면서 느그 작은오빠 자리도 어떻게 생각해 볼라고 마음을 먹었다."

외삼촌답지 않게 설명이 길었다. 숫제 남의 말처럼 듣는 표정이던 이모가 눈을 반짝했다. 오히려 당황한 건 나였다.

"그러니까 말이요. 이제 날짜도 얼마 남지 않았다고들 그러던디……"

이모는 아직 속을 내비치지 않은 채 뜸을 들였다. 이렇게 합시다! 라고, 자기 자신의 의견을 말하고 싶지만 그것이 빌미가 되어 큰오빠의 심사를 언짢게나 하지 않을까 주저하고 있는 듯했다. 그러면서도 살짝 덧붙였다.

"보통 일이 아닌게 정말로 조심해서 해야 쓸 것인디. 잘못해 갖고 거덜 난 사람들이 한 둘 아니라는디요…… 좌식이 조카는 군대에서 저렇게 다리를 못 쓰게 되었고, 우식이도 중동 현장에서 큰 사고로 안 다쳐 부렀오. 정말로 잘 해야 본전이라고 그랍디다."

그녀는 할 말을 야금야금 흘렸다. 그러나 건드려야 할 말을 숫제 피하려는 듯 조심성 있게 끈은 쥐고 있었다.

"그래서 내가 이제까지 미루고 미루었던 일 아니냐!"

이모는 외삼촌의 눈치를 살피며 재빨리 말을 이었다.

"하기야 미신이라고 할 수도 없고, 아니라고 할 수도 없어라우. 안 지키는 것보담 지키는 것이 좋은 일이기도 하구요. 딸 하나 낳고 없는데끼 늦게 얻은 쌍둥이들 생각하면……"

"마침 윤달이고, 좋은 날이라고 한께 그날 하면 어쩔까 싶다. 손 없는 날이라고 모두 그란께, 어쩔런가."

푸릇푸릇한 마늘대궁들이 촘촘한 이랑 사이로 배추흰나비
들이 너울너울 날아다녔다. 마늘밭을 지나 산으로 올라가는 길
이었다. 완만하게 뻗어있는 산등성이는 그만그만하게 길게 이
어졌다. 세 사람은 고개턱에 다다라서야 걸음을 멈췄다. 봄바
람이 불어와 이모의 치맛자락을 흔들었다. 그녀는 숨이 찬 듯
볼멘소리를 했다.

"아따 조금만 쉬었다가 갑시다, 오빠. 다리가 뻐근하니 죽겠
구만."

"그러면 그러자. 이제는 나도 얼마 못 살란가 으짤란가 쪼끔
만 걸어도 숨이 찬다야. 젊었을 때 같으면 엎드리면 코 닿을텐
디……."

백발의 작달막한 외삼촌은 가장자리에 박힌 돌멩이를 집어
잔솔밭 속으로 내던졌다. 뒤따라오던 나는 그냥 서있었다. 점
퍼의 지퍼를 끌어내리던 나를 외삼촌이 바라보았다.

"저쪽 산모퉁이 뒤로는 다른 마을이 없어요?"

"저수지를 끼고 안으로 들어가 봐야 골짜구니 뿐이여야. 그
란께 남들 눈에 얼른 띨 듯 말 듯 해 놨지야."

외삼촌이 햇빛을 피하려고 찡그린 주름살을 펴며 대꾸했다.
바람이 건 듯 불어 그의 흰머리를 날렸다. 아직 바람이 햇볕에
달궈지지 못하여 산 빛깔은 메말랐다. 경운기가 겨우 지나다닐

만한 길 오른쪽으로 잔솔밭이 우거져있었다. 잔솔 사이사이로 드문드문 분홍빛 진달래꽃들이 고개를 내밀었다. 봄볕이 얼굴을 내밀었으나 진달래의 기세는 불타오르지 못했다. 잔솔밭 중간에 커다랗고 구불텅한 소나무가 우리를 내려다보았다.

"할미꽃을 본께 언니 생각이 나네, 오빠? 어렸을 적에 아부지 생신에 화전을 붙인다고 작은오빠를 따라서 언니하고 진달래꽃을 한 무더기 딴 그때가 바로 엊그제 같은디."

외삼촌은 애써 외면하며 선문답처럼 말을 이었다.

"사람 사는 일이 어제가 오늘 같구나. 그놈의 난리 통에도 용케 질긴 목숨 이렇게 살아서 못 볼 꼴 다 보았느니라. 바다에서 배가 뒤집혀도 모든 사람이 한꺼번에 죽는 것은 아니지. 짧은 게 인생이고 목숨 줄인데, 느그 작은삼촌처럼 일찍 혼자 가버리면 남은 식솔들은 어떻게 되겠냐? 사람이 숨을 쉰다고 다 사는 것도 아니더라."

따사로운 햇볕에 먼 들판의 아지랑이가 아롱거렸다. 그을린 듯 얼굴이 가뭇한 이모는 길섶에서 꺾은 할미꽃을 요리조리 살펴보았다. 솔바람이 휙 그녀의 머리를 쓸었다. 이모는 이내 쪽져 흐트러진 앞머리를 손가락으로 빗어 올렸다.

"오빠? 말이 씨가 된다고 아부지가 늘 안 그럽디여. 그런께 어려서도 작은오빠는 뭐든지 먼저 나서다 본께 어른들조차도 크게 되든지 망하든지 그럴 사람이라고 말해 쌌더니, 결국은 거시기 저 꼴이 되었단 말씀이요. 작은오빠가 윤 서방에게 한 말이 지금도 생각나요. 세상이 바뀌어야 모두 공평하게 살게 된다고. 말이야 맞는 말이제만 그것이 말처럼 얼른 쉽게 될 일이요."

이모는 초점이 흐린 채 누군가에게 휘둘린 것처럼 알지 못할 대꾸를 해댔다. 남매끼리는 묵계가 있었는지, 누가 알지 못할 어떤 일을 다 아는 듯했다. 외삼촌은 묵묵부답이었다. 뾰족한 산봉우리 아래 마흔 대여섯 정도의 집들이 옹기종기 모여 있는 마을이었다. 바로 마을 고샅 오른 쪽의 좁은 도로가 끝난 나지막한 야산 앞에서 발길을 멈추었다.

크나큰 회색바윗돌 두 개가 웅크린 채 우리를 보고 있었다. 근처는 그냥 밋밋한 지형이었다. 편편한 곳에 달랑 바윗돌 두 개는 눈에 확 띄었던 것이다. 덤프트럭만큼이나 크나큰 타원형의 바윗돌 밑을 서너 개의 밑돌로 괴어 받친 고인돌 두 기였다. 청동기시대의 무덤이었다. 세월이 바람에 삭아버린 지 오래임에도 옛사람들이 울력한 징표는 남아있었다. 그래, 이런 곳에도 사람들이 살았었구나. 그래서 부족은 삶의 터전에서 주검을 지켰고 제사를 지냈을 것이었다.

그때 외삼촌이 지팡이를 들어 앞을 가리켰다. 잡목과 소나무들이 어우러져 우거진 산이었다.

"조금만 더 올라가면 된다."

앞장 서가던 노인이 뒤돌아보며 자신 있게 말했다. 둘은 말 없이 숨을 몰아쉬며 따라 올라갔다. 산자락을 지나 오르막에 이르렀을 때 갑자기 허공을 찌르던 지팡이가 오른쪽을 짚었다.

"이쪽이다."

외삼촌이 잡목 사이로 희미하게 난 길을 가리킨 것이다. 뱀 처럼 구부러진 오솔길이 산의 능선을 옆으로 질렀다. 왔더라도 오랜만에 왔다면 찾기 어려운 지형과 환경이었다. 모두 성깃한 나무들을 헤치고 들어갔다. 앞서 가던 외삼촌은 길이 나있지 않은 곳으로 헤쳐 나아갔다. 그리고 가끔씩 한숨을 내쉬며 멈 칫거렸다. 소나무들과 잡목들 사이로 바싹 마른 맹감나무 줄기 와 가시나무 줄기가 걸려 진로를 방해했다. 눈에 들어온 것은 말라비틀어진 잡풀을 뒤집어 쓴 아주 작은 봉분이었다. 무덤이 라고 할 수 없을 정도로 빈약하기 이를 데 없는 인조물의 흔적 이었다. 누가 보아도 아주 오래되었거나 임자 없이 방치해놓은 무덤일시 분명했다.

"이곳이 느그 작은오빠의 가묘이니라."

외삼촌의 무거운 음성에는 애틋한 표정이 실려 있었다. 이 모는 가타부타 말이 없었다. 대답대신 그저 눈빛의 초점이 흐려졌을 뿐이다. 이모는 소피를 보러 가는지 내게 눈짓을 하며 무덤을 돌아 옆으로 사라졌다. 외삼촌이 나무숲을 둘레둘레 훑어보며 가만히 말을 이었다.

"그러니까 말이다. 사변이 일어나기 직전부터 용수는 우리 집 식구가 아니었어야. 내가 동생을 마지막으로 본 것은, 보리가 제법 웃자랐을 때였으니까. 그믐달이 뜬 듯 만 듯 캄캄한 밤에 읍내 향교 뒤였단다. 군청하고도 떨어져 좀 외진 곳이라 남들 눈에 띄지도 않았고…… 신사복에 중절모를 쓰고 왔더라. 다짜고짜 서두를 끊어서 한다는 말이, 형님? 이제 동생 하나 없는 셈 치세요. 그래서 내가, 갑자기 그것이 뭔 말인가? 되물을 수밖에, 기가 막힌 말이제. 차분한 음성으로 이렇게 말하더라고. 이제 조금만 기다리시면 세상이 바뀝니다. 그래서 내가 타일렀어야. 자네가 병원 일도 하는 둥 마는 둥 하며 사상인가 뭣인가에 미쳤다는 이야기는 어머님한테 들어서 아네. 자네가 대가 끊어진 작은집에 양자로 들어갔다고 해도 우리는 족보상으로 사촌간이여. 대대로 우리집안이 어떤 가문인가? 그러니까, 대뜸 한다는 말이, 형님! 모른 척 하지 맙시다. 일본 놈들 아래서 아버님이 면장노릇을 한 것도 세상이 바뀌져 이제는 가문의 수치가 되어버린 마당이요. 일본 놈들이 물러가고 남북으로 갈러진 것은 우리 민족의 비극입니다. 나를 가르치려는 수작에 나도 부아가 치밀었어야. 에끼 이 사람! 모두 함께 사는 방법을 구해야제, 겨우 일본 놈들 밑에서 해방이 되었는디, 다 같이 죽자고! 그래서 대학까지 나와서 고작 집안 망신을 시킬라고 빨갱이 짓인가! 그러자, 동생도 미안한 생각이 들었는지, 주위를 둘러보더니 낮은 음성으로, 고정하시고 내 말 들어보세요, 형님. 형님이 말씀하신 그 종족주의 말고도 가문을 지키는 방법은 여러 가지요. 그것이 나를 설득 시킬라고 하는 수작인지라, 또다시 화가 났어야. 시끄럽다. 제수씨하고 애기는 어떻게 할라고 그래? 하고 언성을 돋우니까, 죄인처럼 고개를 푹 숙이더니만, 제가 돌아올 때까지만 멀리서 지켜주시면 됩니다. 하길래 더 이상 들어볼 것도 없어 말을 막으면서 쏘아부쳤제. 그것을 말이라고 하냐!"

그는 마치 내가 작은외삼촌이라도 된 것 마냥 눈을 부라리며 얼굴까지 발개졌다. 순간, 이때까지 바람처럼 한 마디씩 주위들은 작은외삼촌의 실체가 내게 확 달려드는 느낌이 들었다.

"그 무렵에 동네에서는 아무도 동생을 본 사람이 없었은께. 우리가 알고 있는 것이라고는 수복 무렵에 혼자서 돌아온 성칠이 사돈에게 들은 이야기뿐이제. 지나놓고 본께 다 부질없는 일인 것을…… 이념이니, 뭐니 해도 따지고 보면 다 제 밥그릇 지키려는 싸움이제. 인간도 본시 동물 아니더냐. 자신이 선택한 일이 그 사람 운명의 실마리여. 하기사 그런 소리도 이제는 지나간 바람 같은 것이여."

작은외삼촌의 제삿날은 딱히 없었다. 생사를 아무도 모르는데 날짜인들 정하기 어려웠다. 한동안 큰외삼촌이 우겨서 생일날에 맞춰 몇 번인가 지낸 적이 있었지만, 작은외숙모가 덕소에 있는 신앙촌을 들어간 바람에 그마저 없어진 것이다.

목숨이 위태했을 수십 년 전의 기가 막힌 비밀을, 오랜 세월이 지난 지금도 그는 조심스럽게 흘렸다. 현실은 사람을 변화시킨다. 말해 무엇하리. 인간은 스스로에게 베이고, 상처를 입은 동물인 것을.

5. 한

읍내 장터에서 전파사를 하고 있는 절름발이 그 사내. 그는 우리가 읍내에 살적에는 가끔 오가는 인척이었다. 성칠 아저씨는 작은외숙모의 친정동생이니 나와는 사돈 간이었다. 어렸을 적에 작은외숙모 집에 놀러 가면, 그는 골방에서 다리를 절뚝거리며 나왔다. 수척한 얼굴에는 어두운 그림자가 드리워진 사내였다. 손재주는 기가 막혀 뭐든지 한 번 보면 척척 만드는 기

술을 지닌 그는 아이들과 잘 어울렸다. 봄볕이 들면, 작은삼촌네 돌담아래서 그의 모습은 유달랐다. 각목을 톱으로 쓱싹쓱싹 자르고 자귀로 다듬어서 통나무 바퀴를 끼워 '구루마'를 만들었다. 나는 쌍둥이를 태워 끌고 다니면 얼마나 신이 났던지. 그는 흐뭇한 눈빛으로 웃는 게 고작이었다. 그는 숫제 어른이면서 어른들을 피하는 느낌이었다. 가끔은 혼자서 오도카니 아무 말 없이 툇마루에 앉아있는 게 그의 모습이었다.

한 번은 추석 무렵이었던가. 외가에 다녀오면서 읍내의 아저씨를 찾아갔다. 해가 질 무렵이었다. 가게 안에 들어서자, 라디오, 티브이, 전기다리미 따위의 가전제품들과 어질러진 전선꾸러미들 꽉 들어차 있었다. 그는 구석에서 고개를 수그리며 펜치로 구리철사를 토막 내고 있었다. 돋보기 너머로 흘깃 올려다 본 그의 눈빛은 경계심이 팽팽한 듯 보였다. 한참 동안 내게 박힌 시선을 거두던 그의 얼굴은 안도의 빛을 띠었다. 그리고 의자에서 일어나더니 면장갑을 벗었다.

"아이고! 난 또 누구라고. 너, 진우 아니냐? 아주 오랜만이구나. 장가갈 때는 꼭 가볼라고 했는데, 그냥 축의금만 보내서 무지하게 미안했단다. 잘 살고 있다는 소식은 늘 들었다."

"가게에만 매달려 계시는 거예요?"

그는 면장갑을 작업대모서리에 탁탁 치며 털더니 시익 웃었다.

　"나는 말이여, 요 가게가 내 나라인 셈이여야. 연장을 들고 이런 것들하고 씨름을 하고 몰두하다 보면, 오직 현실만 있을 뿐인께. 안 그러면 힘들어."

　성칠이 아저씨는 버스터미널에 전화를 해보더니 내게 손사 래를 쳤다.

　"막차가 떠났대요?"

　"아야? 안 되겠다, 너! 오늘은 우리 집에서 자야겠다."

　그 집 식구들과 저녁밥을 먹은 다음, 아저씨는 담배를 꼬나 물고 내게 손짓을 했다. 가게의 뒷문으로 나서면 아저씨의 마 당이었다. 마당 한가운데에 마루를 떼어 옮겨놓은 듯이 평상 하나가 놓여있었다. 땅거미는 진즉 사물의 윤곽을 점령했다. 땅거미가 불러온 어두움이 하늘의 별들을 하나둘 불러 모우고 있었다. 서늘한 바람이 옷깃의 틈을 스며들었다. 언제 들여다 놨는지, 개다리소반에는 보해소주 한 병과 전어무침 한 접시가 기다리고 있었다. 아저씨와 나는 주거니 받거니 하며 더워진 몸으로 이런저런 말을 툭툭 던졌다. 어렸을 적에 아저씨가 만 들어준 방패연이며 기식 형과 함께 끌고 다니던 구루마의 추억 이 묻어났다.

　"작은 외숙모가 그렇게 돌아가시게 될 줄은 몰랐습니다."

"인명은 재천이라는데, 사람이 생사를 맘대로 하겠냐."

그는 담담하게 뱉으면서도 눈시울에 젖은 것 같았다. 술잔을 내려놓고 손으로 눈을 훔치는 모습이 얼핏 스쳤다.

"우리 누님은 참으로 박복했어. 서방 복 없는 여자가 자식복도 지지리 없다는 어른들의 말이 맞는지, 누님이 행복했던 시절은 시집가서 매형이 병원을 개업한 몇 년 뿐이여. 기식이는 아주 어렸고, 유복자인 옥자는 아버지 얼굴도 못 보았어. 나는 비겁한 놈이여. 왜? 그때 매형을 따라가다가 뒈져버리든지, 차라리 매형을 따라 가버리든지 못했나 싶어. 그런게 두고두고 한이 맺혀서 누님을 볼 때마다 그랬다."

외가에 가면 언제나 마루 벽에는 비스듬히 걸린 액자들이 있었다. 세월의 빛에 누렇게 바래진 사진들은 크고 작은 크기로 액자틀 안에 가득 붙어있었다. 중절모를 쓰고 새까만 콧수염이 난 남자가 외할아버지였다. 또 다른 사진 속의 그는 양복을 입고 의자에 앉아있었다. 바로 옆에 갸름한 얼굴로 서있는 하얀 한복차림의 여인이 외할머니였다. 그리고 두 번째 액자에 다닥다닥 끼워진 많은 사진들 중 오른편 아래 손바닥만 가족사진은 비교적 선명했다.

사진은 언제나 이상하리만치 나의 시선을 붙잡아 맸다. 검게 칠된 일본식 집을 배경으로 흰 신사복차림의 훤칠한 남자가 서있었다. 나무의자에 앉은 한복차림의 여인 앞에는 서너 살쯤 되는 사내애가 눈을 찡그리며 서있었다. 기식 형이었다. 아마 오후의 강한 햇빛 때문이었을 거라. 가족의 뒤편에는 중앙의원의 간판이 아래로 길게 붙어있었다. 의사가 되어 탐진 읍내에서 막 개업했던 시기였을 것 같았다. 그는 가르마를 탄 단정한 머리의 갸름한 얼굴에 짙은 눈썹으로 굳게 입을 다물고 있는 모습이었다. 얼른 봐도 잘 생긴 남자였다. 한 번도 본적이 없고, 달랑 사진에서만 마주친 그 남자가 작은외삼촌이었다. 사진의 주인공은 어려서부터 내가 느낌으로만 추정할 수 있는 사람이었다.

그렇지만, 어른이 되어서야 이해관계가 걸린 일이라는 것을 알았다. 작은외삼촌은 일제의 엄혹했던 시기에 세브란스전문학교를 나왔다. 외할아버지의 권유로 의학을 선택한 덕분에 학병동원에도 끌려가지 않았던 것이다.

그가 사라진 후 친족들에게 얼마나 깊은 상처를 주었는지는 나중에야 알았다. 어릴 적에는 그저 친척들이 쉬쉬하며 한 두 마디 발설을 하면 주워들은 것으로 짐작을 할 뿐이었다. 아직도 현재진행 중인 냉전의 상태에서 간난의 그시기를 알았을 때에 이르러 모른 척 할 수는 없는 일이었다. 분절된 세상이란 애당초 존재하지 않았음에도 인간들의 시간은 그랬다.

"진우야? 한 병 더 할래?"

아저씨의 은근하면서 낮은 목소리에 나는 퍼뜩 정신이 들었다. 그가 평상에서 내려가 다리를 절뚝거리며 문을 열고 사라졌다. 캄캄할수록 헤아릴 수 없는 많은 별들이 반짝였다. 가끔 별똥별들은 빗금을 그으며 어둠 속으로 사라졌다. 그때도 지상의 긴장과 공포와는 전혀 달리 하늘은 고요 속에서 수많은 생성과 소멸을 블랙홀 속으로 이끌었을 것이다.

"이제는 나도 먹을 만큼 먹었다야. 그런데도 매형과 헤어진 그 순간은 바로 어제처럼 나를 꽉 붙들고 떠날지 않고 있어야. 참으로 기가 막힐 노릇이여. 오늘은 어쩐지 너한테 별 이야기를 다 하게 되는구만. 그때가 내 나이 열일곱 살이었단다."

"동란이 일어나고 마을청년들을 따라서 함께 읍내에 갔더니, 여러 면에서 온 남자들이 많이 모여 있었지. 우리는 선무공작대의 교육을 받았단다."

아저씨는 유리컵에 남실거리던 소주를 단숨에 마시고 난 후 한숨을 내쉬며 눈을 지그시 감았다 떴다 했다.

"그때야 어렴풋이 알게 되었지만, 매형은 진즉부터 박헌영 계열로 활동을 한 것 같았어야. 거기서도 밑에 있는 우리하고 전혀 다른 신분이었지. 뭐가 뭔지 어수선했었는데, 인민군들이 군청마당에 모인 사람들을 죄다 트럭에 싣고 모르는 곳으로 데려갔어. 그곳 건물 복도에서 매형을 슬쩍 보았거든. 그러니까, 우리 마을에서는 매형이 좌익운동을 한지 아는 사람이 거의 없었다는 말이여. 지금까지도 그 사실을 아는 사람은 별로 없었던 것 같아. 동네사람들조차 매형은 난리 통에 죽은 줄 알거여. 나도 그곳에서야 마주쳤으니까. 높은 사람이었나 봐. 뭐, 어깨에 완장을 찬 여자들은 군의소 책임동지라고 부르기도 하더라만. 웬만한 이들도 그 앞에서는 꼼짝 못하는 것 같았거든. 그때는 암만 생각을 해봐도 이상한 일이었지. 어린 내 깜냥으로는 탐진 읍에서 이제 막 개업한 젊은 의사가 왜 그렇게 되었는지 모르겠어. 인민군 장교나 의용군 우두머리들이 매형에게 설설 기었던 것도, 이해가 안 되었던 거여."

나는 술을 꿀꺽 삼키며 성칠 아저씨의 눈을 뚫어지게 바라보았다. 그의 눈빛은 아주 덤덤하게 때로는 무엇엔가 쫓기 듯 말을 이어나갔다.

"섬으로 도망을 갔던 경찰들이 군인들을 따라 육지로 밀고 온다는 소문이 돌았어. 유엔군이 인천을 상륙했다는 소식까지 나돌아 사람들은 위축된 분위기였지. 나는 그 선무공작대원들과 함께 빨치산이 되어버린 거여. 1차로 월출산에 숨어 있다가 화순을 거쳐 북동쪽으로 계속 올라가게 되었지. 누군가는 회문

산에 있는 병력과 합류할 거라고 떠들었어. 낮에는 군경의 눈을 피하여 산속으로 숨었고 밤이 되면 민가에 들어가 밥을 얻어먹었다. 나중에는 지쳐서 낙오자가 하나 둘 쓰러지거나 죽는 일까지 생기기 시작했어. 발을 질질 끌며 따라 오는 산송장이나 진배없는 사람들도 점점 짐승의 몰골이 되어갔단다. 그러다보니 대열에서 몰래 도망을 친 사람들도 하나 둘 생겨났지. 가끔 어디선가 따발총소리가 들리면 사람들의 수효는 점점 더 줄어들더라. 지금 생각을 해보니, 중환자를 계속 데리고 다니자니 귀찮고 어차피 회복은 그른 것 같아서 즉결처분을 한 사람도 꽤 있는 모양이었어."

시멘트 블록 담장 앞에 서있는 감나무를 바람이 스치자 이파리끼리 부딪치는 소리가 났다. 어둠 속의 감나무 실루엣은 거인처럼 우리를 내려다보았다.

"그러던 어느 날 밤이었지. 추석달이 그믐 달빛으로 사물의 윤곽을 어렴풋이 볼 정도였어. 바람이 나뭇잎을 건드리는 소리, 풀벌레소리만 들렸을 뿐이거든. 그때 매형이 내 앞에 나타났어. 어둠 속에서 내게 손짓을 하더라. 나는 주위를 살피면서 일행이 있는 모퉁이로 빠져나갔어. 커다란 바위가 웅크리고 있는 곳에서 매형이 나를 꽉 부둥켜안더니 이렇게 말을 하는 거여."

—처남, 아무리 봐도 편하게 고향으로 돌아가기는 틀린 것 같아. 나야, 조직을 데리고 올라가야 하니 별 수 없지만, 자네는 아무래도 안 되겠어. 아직 나이도 어리고 장모님이 많이 걱정을 하실 거여. 나 때문에 대가 끊기면 안 되잖아. 그러니, 아무 말 말고 오늘 밤 출발할 적에 여기를 빠져나가야 돼. 이따가 신호를 보내면 망설이지 말고, 대열 후미에 붙어 있다가 꼭 도망을 쳐야 되네. 알았어? 가급적 신작로 길이나 큰 마을은 피해서 멀리 돌아가는 것이 안전하니까 꼭 그래야 돼. 그리고 누님을 만나거든 애들하고 어디로 가지 말고 꼭 기다리라고 전해 줘. 자네 말이야? 혹시 어떻게 될지 모르지만, 경찰이나 군인들이 어디서 뭣을 했는지 물어보면, 이런데 이야기를 절대로 하지 말고 광주에서 일 하러 다녔다고 둘러대란 말이여. 그리고 나를 물어보거든 본 지 오래되었다고 딱 잡아떼면 돼. 나는 살게 되면 꼭 돌아갈 것이여.

"죽음의 문턱이 직감되는 짧은 순간이었지만, 그것이 매형과 영영 이별이었다고 생각은 못했지."

아저씨는 그 대목에서 손등으로 눈물을 훔쳤다. 나도 목구멍이 울컥하며 눈물이 쏟아졌다. 혹시 작은외삼촌의 자아관이, 그가 원래 품고 있는 범위보다 훨씬 더 확장되었거나 차라리 축소되었다면 어떻게 달라졌을지 모르겠다.

"지금보다 더 사방이 캄캄했어야. 주먹밥 한 덩어리를 얻어 먹고 난 다음, 어디선가 휘파람소리가 났어. 그 신호로 대열이 움직이기 시작하자, 누군가 갑자기 내 옆구리를 툭 치고 지나 가더라. 매형이었지. 어둠 속에서도 고개를 돌려보는 매형의 얼굴은 눈물을 흘린 것처럼 침통했어. 나도 뭐라고 말할 수 없 이 심장을 칼로 찢는 듯 아팠는데, 매형은 어쨌겠냐? 그것으로 매형과 나는 네가 알다시피 영영 마지막이었지. 그길로 나는 정신없이 남쪽으로 생각되는 쪽으로 달리다가 걷고 걸으면서 내려갔어. 멀리서 따발총 소리가 들렸지. 누군가 또 죽었다고 생각하니 온몸에 소름이 끼쳤고 두려움이 들었는데, 꼭 살아서 집에 돌아가야겠다는 마음은 반대로 나를 독하게 만들더란 말 이지. 아마, 나 말고도 누군가 탈출을 시도하다가 목숨을 빼앗 겼을 거여. 그 패거리에게 발각되면 죽으니까, 나는 무조건 앞 만 보며 걸었어. 산으로 산을 넘고 또 넘어 발이 부르트도록 오 는데, 가끔 무섬증이 왈칵 들었어야. 시커먼 나무들이 사람들 로 보여서 깜짝 놀라 숨기를 여러 번 했단다. 귀신보다 무서운 것이 사람들이여. 그런데, 어디만큼 오니까, 산등성이 너머로 날빛이 부옇게 돋아오더라. 섬뜩했던 순간들도 잠깐, 안도하 여 옴팍한 바윗돌 밑에 잠이 설핏 들었는가 보더라. 선뜻한 느 낌이 들어서 깨어보니 이상한 생각이 들더라. 왠지 주변이 낯

이 익더란 말이여. 딱 보니까, 바위들이 듬성듬성 박혀있고 계
곡 밑으로 물이 흐르는 거여. 아이고, 원 세상에! 바로 매형하
고 마지막으로 만나서 이별한 바로 그곳이지 뭐냐. 다리에 힘
이 쫙 풀리면서 쓰러질 것 같더라. 정말로 미치고 환장하겠더
라고. 울음이 막 나오는 순간에도 어떻게 하든지 살아야겠다는
생각뿐이었지. 이를 악물고 이번에는 산마루와 산자락 쪽으로
오르내리며 수삼 일을 걸었다. 들판이 노릇노릇할 때였으니까
덜 익은 나락모개를 훑어서 씹어 봐도 허기진 것을 어쩌겠냐.
그런디, 죽고 사는 일이 오락가락한 그 와중에서도 고향집 논
배미가 떠오르더란 말이야. 나락을 베다가 찧어야 할 일도 생
각나고…… 사람이 참 그렇더라. 우선은 내 코가 석자나 빠졌
는디 뭣을 생각하겠냐? 너무나 배도 고프고 몸이 오싹할 정도
로 선뜻하니까, 부모님 생각이 나서 눈물이 나오더라. 한참을
걸어서 다리가 뻑뻑하여 어디 쉴만한 곳이 없나 두리번거렸다.
마침 어떤 마을로 들어서는 초입에 집이 하나 있더라고. 늙은
노인네 둘이서 고구마넝쿨을 걷어가지고 나오는데 마주쳤지.
첨에는 그 사람들도 나도 깜짝 놀라서 죽는 줄 알았어. 여기가
어디냐고 물어보니까, 송광사가 멀지 않은 곳에 있다는 거여.
남쪽이 아니고 멍청하게도 동남쪽으로 내려갔던 모양이여."

"아저씨, 다리가 그렇게 되신 것도 그때라고 엄마한테 들었

어요."

내 말을 듣는지 마는지, 그는 초점 잃은 눈으로 무연히 하늘을 쳐다만 보았다. 한동안 침묵이 흘렀다. 아저씨에게는 그 무서운 밤들이 고무줄처럼 늘어지지 않은 담에야, 긴장은 팽팽했을 터.

"수복하고 얼마 안 되어 읍내경찰서에 불려갔는데, 난리 통에 어디서 무엇을 하고 지냈는지 숨기지 말고 진술하라는 거여. 매형한테 교육 받고 들은 대로 딱 잡아뗐지. 그런데 무지한 순사 놈을 만나서 며칠 동안 안 죽을 만큼 고문을 당했어야. 내가 어렸을 적부터 다리가 아프고 부실했는데, 결국 병이 도저서 이렇게 되었단다."

그는 술잔을 들어 쭉 마시더니 나를 바라보았다. 그리고 한숨을 내쉬며 말을 이었다.

"살아있는 것이 내게는 죄여. 잠시만 멍해도 과거의 그 기억이란 놈이 언제 어디서나 삐죽삐죽 나타나서 나를 이죽거리는 것 같어. 오랜 세월이 지나면 미움도 아픔도 무뎌진다고 하지만, 그것도 아니여야. 어떻게 그 징한 일을 잊어버리겠냐. 가해자는 제가 한 짓을 잊어버릴지 모르지만, 피해자는 죽을 때까지 상처가 남아있어야. 모르지, 죽은 다음에 저승이 있다면 거기서는 또 어떨지……"

6. 뼈

이장하기로 한날이었다. 멀리 외가에서 보이는 선산은 오리 길이나 떨어져있었다. 나는 큰길 옆에 승용차를 세워놓고 외삼 촌을 앞장세웠다. 바람이 건듯 불며 지나갔다. 작은 저수지의 물빛은 힘 잃은 햇빛에 반사되어 잿빛으로 출렁거렸다. 우리는 저수지를 휘돌아나간 오솔길을 따라 들어갔다. 야산은 가팔랐 다. 뒤돌아보니 기어가는 뱀처럼 멀리 국도가 뻗어나갔다. 2차 선 도로를 따라가는 트럭의 꽁무니에 잇달아 승용차량들이 달 리고 있었다.

포클레인의 삽날은 거인의 손목처럼 산의 거죽을 휘저었다. 고요하던 흙과 나무들은 순식간에 거대한 쇠붙이에게 유린당 했다. 삽날이 치켜들며 봉분을 긁어내고 찍어서 훑어냈다. 샛 노란 마사토가 쏟아졌다. 잔 돌멩이 하나 없는 고운 흙의 입자 들이 햇빛에 튕겨져 금빛으로 드러났다. 지켜보던 일꾼들은 삽 을 들어 땅속의 어둠에서 뼈를 건져내었다. 유골이 편하게 누 워있었을 아늑함을 후손들은 억지로 깨워버렸다. 나는 깊어진 구덩이 속을 내려다보았다. 밑에서 두 눈자위가 움푹 꺼진 두

개골이 위를 올려보았다. 내가 태어나기 전에 이 자리에 묻혔을 외할아버지는 퀭한 눈빛으로 노려보는 것 같았다. 순간, 오싹한 소름이 돋았다. 가지런히 남아있는 다섯 개의 치아와 턱뼈, 골격이 제각각 흔적으로 나왔다. 저이의 살과 뼈가 나로 하여금 다시 종족을 이어 만들게 했을 터.

"금이빨은 그대로 있구만. 으짜면 그렇게도 그대로 있을까? 금이 좋다는 것이야 다 알제마는 참말이구만. 다른 쇠붙이 같았으면 벌써 썩어 문드러졌을 것인디 말이여. 아버님의 이빨을 본께 얼굴 모습이 생생하구나."

외삼촌의 감회어린 얼굴 어딘가에 어두운 그늘이 드리워졌다. 한참을 밭둑아래 널브러져 있는 커다란 바위 쪽에 멀건이 두었던 시선을 거두면서 그는 말을 이었다.

"당신은 나보다 니 작은삼촌을 더 귀여워 하셨지. 종손이고 장남이어서 그런지 몰라도 나한테는 엄격하셨어야. 용수는 나보다 키도 크고 잘 생긴 것은 말할 것도 없고, 대학까지 나와서 의사였으니께. 내가 일정 말기에 징용으로 끌려갈 적에도 눈물 한 방울 보이지 않으셨더니라. 어머니는 대성통곡을 하며 쓰러지셨는디도 아버지는 그저 손만 까딱까딱 흔드셨지. 무지하게 독한 양반이여."

원망이 섞인 대목에서 외삼촌의 억양은 높아졌다. 천근만근 삶의 무게가 짓눌러온 그 시기에도 그들에게, 혹은 그들이 기다렸을 것은 시간이었으리라. 그러나 지금에 이르러 늙은 몸은 쇠락하고 세월에 취하여 무기력해졌으니 모두 시간에 쫓겨 왔을 뿐이었다.

나의 눈길이 그의 얼굴에 오래 머물자, 그는 진달래꽃 무더기로 고개를 돌렸다. 따사한 날씨는 드문드문 흐드러진 연분홍의 화려한 자태를 덥석 안아 산 능선을 채워주었다. 새로 돋아난 솔잎들로 구불텅한 소나무들은 한결 푸르렀다.

*

벌에서 한참 아래쪽으로 조그만 봉분이 남아있었다. 작은외숙모가 다시 묻힌 무덤이었다. 경기도의 교회묘지에서 옮겨져 왔다. 작업에 길들어진 포클레인 삽날이 봉분을 파헤쳤다. 무한궤도가 돌면서 한쪽으로 비켜서자, 삽을 손에 든 일꾼이 넌지시 입을 떼었다.

"이것은 이장해온 것 같은디?"

시신이 이곳에 바로 묻히지 않고 어디선가 옮겨왔다는 의미였다. 인부들은 석회로 마감했던 방의 고요를 깨고 유골을 꺼냈다. 삽날이 긁어낸 그녀의 뼈는 거무튀튀하다 못해 까맸다. 죽은 후에도 곰팡이가 엉켜 사나운 환경에 시달렸던 게 틀림없었다. 칠성판에 누운 손발 뼈들과 갈비뼈는 물론이고, 빗장뼈

며 목뼈마저 온전하지 못했다. 두개골과 넓적다리뼈까지 드러
났어도 고왔던 외숙모의 모습을 그릴 수가 없었다. 시간은 뼈
를 산화시켜 하찮은 동물의 잔해와 다름없었다.

나는 그만 가슴께가 아려왔다. 일꾼들은 아까처럼 뼈를 수
습했다. 종이상자를 펼처 한지를 깔아놓은 바닥에 유골들이 모
아졌다. 그들의 솜씨는 치밀했으며 손을 빠르게 움직였다. 몇
십 년을 체득한 손놀림으로 작업은 빠르게 진행되었다.

남편이 없어진 뒤 작은외숙모는 그런대로 아이들만 바라보
고 살았다. 남아있는 집과 옥답이 제법 있어서 살림살이에 궁
핍함을 걱정하지 않았다. 그러나 사람살이의 일에 마무리는 없
을 수밖에. 생의 언덕을 넘고 넘어도 또 다른 일이 꼬여들었다.

그 무렵, 마을에는 신앙촌교회가 지어졌다. 하얗게 페인트
칠이 된 전도관이었다. 서양의 성루를 연상시키듯 지붕은 요철
형태로, 큰외삼촌 집과 작은외삼촌 집 중간의 높은 언덕에 자
리를 잡았다. 큰외삼촌은 교회 앞을 지나칠 적에는 언제나 혀
를 끌끌 차거나 가래침을 돋우어 카악! 하고 내뱉었다. 아니면
교회건물을 멀리 돌아서 지나다녔다. 작은외숙모가 새로 생긴
그 교회에 드나들기 시작했기 때문이었다. 한마을, 그것도 몇
백 미터의 거리에 빤히 보이는 곳에 사는 시숙이 이를 못 마땅
해 하는 건 당연했다. 그전까지만 해도 큰외삼촌은 행방불명이

된 동생 때문에 제수에게 미안한 마음으로 늘 조심했다는 것이, 엄마의 말이었다.

천부교라 부르는 기독교 계통의 그 교회는 말세론과 맞물려 갈수록 번창했다. 부흥회 강사출신이던 박태손 장로의 말씀은 곧 하나님의 말씀과 같았다. 천부교의 교리는 성경을 또 다른 방향으로 해석하며 교인들을 이끌었다. 장로 자신을 감람나무로 일컬었다. 수많은 환자나 심신 허약자들을 안수기도로 고쳤다는 소문이 꼬리에 꼬리를 물었다. 그러나 장로의 재산은 엄청나게 불어나 대기업으로 커졌고 아들을 주력기업의 대표로 만들었다.

뿐이랴, 일가가 유명세를 타면 탈수록 나쁜 소문도 덩달았다. 그 아들은 귀공자클럽 회원으로 백 명도 넘은 여성연예인을 탐음하는 추문의 주인공이 되었는가 하면, 뽕쟁이 난봉꾼이었다. 기어이 수십 만 달러를 해외로 빼돌리고 자신의 아파트에서 영화배우인 여인과 발가벗은 채로 체포되었다. '교만하지 말고 하나님께 회개하라'는 장로의 말씀을 비웃기라도 하듯, 그의 자식은 거꾸로 손가락질 받을 일들만 저질렀던 것이다. 나라의 경제가 발전할수록 이단 종교들도 번성해졌던 터. 한참 후에 하나님처럼 떠받들어지던 장로가 보통사람처럼 죽었어도, 세상에는 그다지 별일이 일어나지 않았다.

—조상님들이 후손을 보호해줬으면 우리 집이 이렇게 거덜 났겠어요, 그 양반인들 그렇게 되었겠어요. 세상에 믿을 것은 하나님 밖에 없다니까. 부모도 형제도 사람들은 모두 원수들이여. 우리 장로님이 말씀하시기를, 인간들이 천국에서 죄를 짓고 일 차 지옥인 지구로 쫓겨 왔으니 이 땅이 모두 마귀로 꽉 차있어 썩고 죽는 다는 것이여. 의심하지 말고 믿는 사람은 성신의 은혜가 폭포수 같이 쏟아져 내리고, 안 믿는 죄인은 그 영혼이 타는 냄새가 천지를 진동할 것이라고 합디다. 이제 우리 애들하고 나하고는 하나님의 신앙 안에서 영생을 얻어 천국에서 살게 되었어요. 죽었는지 살았는지도 모를 그 양반이 지금 당장 온다 해도 어차피 남남이요. 복잡하고 힘든 모든 것을 잊고 천년성에 들어가서 편안하게 일생을 마치면 하나님의 은혜를 입어 복을 내려준다고 합디다. 곧 기적이 일어날 것이라고요.

조상님 밖에 몰랐던 엄마는, 그 말을 듣고 까무러칠 뻔했다고 몇 번이나 내게 말했다. 그러나 작은외숙모는 누구에게나 붙잡고 거의 비슷한 말을 붙였다. 작은외숙모가 성경구절과 그 장로님이 했다는 말씀을 들먹거릴라치면, 그녀의 눈빛은 흡사 신들린 무당과 비슷했다. 가끔 작은외숙모는 우리 집에 물건들을 가지고 찾아오곤 했다. 신앙촌에서 만들었다는 알루미늄냄

비며 나일론 끈을 꼬아서 만든 돗자리와 베개, 세탁비누 따위
였다. 읍내에서 포목점을 하던 엄마는 그냥 아무 말 없이 물건
들을 사주었다.

그러나 신흥종교에 빠져든 작은외숙모를 말릴 사람도 없었
거니와, 작은외숙모 역시 누구의 말을 듣지 않았다. 같은 마을
에서 친족끼리 얼마나 불편한 이웃이 되었을 것인가. 더구나
큰외삼촌의 성깔은 대단했다. 한겨울에도 조상의 제삿날은 찬
물로 목욕은 물론, 제례가 끝나는 새벽까지 격식에 한 치의 착
오도 없었다. 자기 자신에 엄격한 그는 공과 사가 분명했다. 군
청의 과장으로 있으면서 지푸라기 한 개도 집에 가져오는 일이
없었다. 구호물자 배급 문제로 군수하고 멱살잡이까지 하고 사
직을 해버린 깐깐하기 이를 데 없는 사람이었다. 당신의 정의
와 명예가 모든 것을 우선했다. 융통성이 너무 없다는 것이 흠
이라면 흠이었다.

작은외숙모가 아이들을 데리고 신앙촌에 들어간 것은, 기식
형이 중학교를 졸업하고 나서였다. 전쟁의 상처가 아물지 못한
고향에서 견디기가 어려웠던 탓인가. 나중에 기식이 형이 다른
교회의 목사가 되어 만난 적이 있었다. 그는 길쯤한 얼굴로 짙
은 눈썹까지 사진 속의 작은삼촌과 똑같은 붕어빵이었다. 흰
와이셔츠에서 삐져나온 긴 목을 뽑으며 기식 형은 자분자분하

게 사연을 꺼냈다.

"말이 좋아서 신앙과 생활의 병립이었지, 행복하게 잘 살아
보겠다고 논밭과 집을 고스란히 팔아서 그곳에 들어갔지만, 거
지 노릇과 진배없이 돈을 벌어다주는 일만 하였다. 식구들은
신앙촌 안에서도 전부 뿔뿔이 헤어져 나는 경상도 기장으로 보
내졌다가 거기를 떠났어."

옥자누나의 근황이 궁금하여 물었을 때, 기식이 형은 헛웃
음을 치며 눈물을 글썽거렸다.

"그 애는 너도 알다시피 유복자였지 않냐. 아버지의 그림자
도 못 보고 컸지만, 어렸을 적부터 참 착한 성격이었지. 신앙촌
에 들어와서도 시키는 대로 하나님을 믿으며 열심히 일만 하였
어. 직물공장에 다니면서 공부하여 야간 상고까지 다녔어야.
그러니까 열아홉 살 땐가, 봄이었나? 그래, 수양버들이 푸르른
나뭇가지를 내려뜨렸을 때였으니까. 공장장이었던 전도사의
오토바이에 함께 타고 가다가 교통사고로 죽었지. 그 죽은 데
가 한강 양수리 쪽이라, 나는 지금도 그 근처로는 안 가고 멀리
돌아다닌단다."

옥자누나가 죽고 나서 몇 년 뒤 늦가을이었던가. 교회의 숙
소에 화재가 발생하여 작은외숙모도 불에 타서 죽었다는 소식
을 들었다. 교회라면 딱 질색인 큰외삼촌이 친족들에게 쉬쉬하

며 혼자만 달랑 장례를 치루고 왔던 것이다. 어쩌면, 가을의 외로움은 메마른 낙엽이 된 그녀의 몸을 적셔 타들어갔을 지도 몰랐다.

그런 면에서 기식 형은 내일의 희망을 액자처럼 걸어두지 않은 것 같았다. 그렇게 자신의 가족사를 남의 얘기처럼 말하며 멀쩡했던 기식 형도, 몇 년 전에 한강고수부지에서 조기축구를 하다가 심장마비로 즉사했다. 그들의 삶은 간난의 연속으로 뾰족한 첨탑에 찔려 끝이 나버렸다. 가까운 장래가 희망을 건질 수 없다면 현실의 곤고함이 허무로 유혹하기 때문이다.

나는 종이상자로 옮겨진 작은외숙모의 잔해를 분홍보자기에 싸서 안았다. 인간이란 이토록 슬픔의 덩어리만 남기고 사라지는 것일까. 내게 그녀의 한 많은 생애는 소문과 언뜻언뜻 스치는 기억으로만 남았다. 이제 그녀는 더 이상 옮겨 다니지 않으리라.

*

어린애 몸체만 한 가스통에서 줄을 따라 나온 에너지가 불을 내뿜었다. 유골들은 불길에 휘감겨 타며 점점 작아지고 오그라들었다. 오후 늦게야 납골함들은 옆으로 줄을 늘어서서 땅속으로 다시 들어갔다. 어른들은 그렇게 또다시 자연의 일부분으로 편입되었다.

외삼촌은 음복을 한답시고 청주를 마시며 인부들에게도 권했다. 그들은 쉿소리를 내며 막바지작업에 열을 올렸다. 이제까지 둥근 봉분들을 깔아뭉개 평평한 묘역으로 만들어진 묘역은 낯설었다. 그러나 깔끔하고 질서정연한 모습이었다. 묘석들도 똑같은 규격으로 한글로 새겨서 얼른 보면 공원묘지처럼 보였다.

모두 천천히 그만그만한 걸음으로 산허리를 밟아 내려갔다. 나도 두어 발자국의 간격을 두고 외삼촌의 약간 굽은 등을 뒤따라갔다. 우리가 산자락의 끄트머리를 훨씬 지나 개활지로 나오자, 논바닥에는 분홍빛 자운영꽃이 지천으로 깔려있었다. 삼라만상의 이치가 그러하거늘, 세상이 자신을 곁돌고 몸은 점점 풍화되어가는 것을 무엇으로 위무하겠는가. 그래서 외삼촌은 모든 것을 체념한 자의 목소리였을까.

"초상 치루는 일보다 더 쉽게 생각을 했는디, 그것도 아니여. 모두 조상님들하고 느그들 덕분에 아주 큰일을 했어야. 나 살아 생전에 마지막으로 벌인 일이구만."

7. 눈

어렸을 적 나는, 가끔 외가에 갔었다. 주로 방학이 아니면 외할아버지의 기일이었다. 버스에서 내리면 둥그렇게 솟은 큰 산 아래 백여 호되는 동네가 펼쳐졌다. 남쪽으로 길게 뻗은 신작로가 지났다. 외가는 마을의 동쪽끄트머리에 앉았는데, 툭트인 밭이 펼쳐진 한가운데를 두고 수백 미터 간격으로 떨어진 두 집이었다. 두 집이라 함은, 같은 무렵에 지어졌다는 큰외삼촌의 집과 작은외삼촌의 집을 말한다.

큰외삼촌의 집이 조금은 더 컸다. 회벽이 칠된 본채는 대청마루가 있고 방들이 넷 달린 중간은 제실과 부엌이었다. 서쪽으로 방 둘이 딸린 행랑채였다. 탱자나무울타리는 넓은 마당과 집을 가운데 두고 빙 둘러쳐졌다. 오래된 탱자나무들은 가지런하게 다듬어져 있었다. 멀리서보면 마치 푸르고 반듯한 구조물처럼 보였다. 그 울타리 안으로는 키 큰 감나무들과 우듬지가 아득히 높은 측백나무들이 듬성듬성 서있었다. 봄이면 탱자나무들은 상어의 날카로운 이빨처럼 촘촘한 가시 틈으로 작고 푸른 잎들을 게워냈다. 그리고 어디선가 날아 든 참새 떼가 탱자나무 주위에서 재잘거렸다. 통통하게 살찐 그것들은 뾰족하게 돋은 가시나무들 틈새로 푸드득거리며 드나들었다. 새들은 시

끄럽게 재잘거렸다. 탱자나무의 수많은 가시들이 생기를 머금
었어도 찔리면 상처가 생길 것이라고 나는 두려운 생각이 들었
다. 그러나 날짐승의 무리들은 짝짓기 위하여 서로 포르릉거리
며 요란스럽게 날아다녔다.

작은외삼촌 집은 큰댁과 달리 돌담이었다. 주로 제각각 모
양이 다른 돌들의 모서리를 끼워 맞춰 촘촘하게 쌓아올렸다.
연초록빛을 내뿜는 둥글둥글한 향나무들이 돌담 안에서 고개
를 내밀었다. 대문을 들어서면 본채가 있고, 큰외삼촌 댁처럼
서쪽으로 길게 행랑채가 있었다. 행랑채의 세 개나 되는 방은
모두 외지 사람들이 쓰고 있었다. 근처 초등학교의 교사나 교
회의 목회자로 짐작되었을 뿐, 나는 옥자누나에게 묻지 않았
다. 어린 깜냥에도 그런 일은 나하고 상관이 없을 것 같았기 때
문이다.

늘 그러하듯 나는 엄마가 건네주는 쇠고기와 생선꾸러미를
들고 버스에서 내렸다. 버스가 일으킨 흙먼지가 바람에 휩쓸려
지나갔다. 외할아버지 제삿날이면 옥자누나도 큰외삼촌 집에
어김없이 와있었다. 옥자누나와 나는 세 살 차이였다. 그때만
해도 작은외숙모는 교회에 얼씬거리지 않았고, 작은외삼촌의
생일에 맞춰 어김없이 제사를 지냈다.

큰댁의 대청마루 아래서 저고리의 소매를 둘둘 말아 올린

작은외숙모는 음식을 만들었다. 검정솥뚜껑을 거꾸로 뒤집어 소고기전을 노릇노릇하게 지졌다. 콩기름과 고기 볶는 냄새가 집 안에 퍼졌다. 구수하게 풍기는 냄새를 못 참은 나는 옥자누나의 손을 억지로 이끌고 그 앞에 서성거렸다. 그러면 외숙모는 누가 볼세라 얼른 소고기전을 떼어 한입씩 넣어주는 것이었다.

어른들이 음식을 장만하며 시끌벅적할 때는 아이들을 아랑곳하지 않았다. 나는 아이들과 마당에서 나무에 올라가거나 자치기를 하며 놀았다. 숨바꼭질을 하며 앞마당의 장독 뒤에 함께 숨은 적도 있었다. 나는 가끔 뒤 안으로 킬킬거리며 도망치는 옥자누나의 머리를 잡아당기며 곧잘 장난을 쳤다. 그러나 옥자누나는 눈 한번 흘기는 일없이 그냥 웃기만 했다.

그러다 싫증이 나면, 그녀를 따라 작은외삼촌 집으로 뛰어갔다. 툇마루를 받치는 네모난 기둥을 따라 위를 쳐다보면 제비집이 있었다. 작년에 지어졌던 둥근 보금자리를 쌍갈래꼬리의 까만 제비 부부가 뭔가 한입씩 물어다 다듬었다. 내가 먼저 창호문의 둥근 문고리를 잡고 들어갔다. 기식 형 방에는 앉은뱅이책상이 있고 책꽂이가 놓여있었다. 김내성이나 방인근의 이상야릇한 딱지본 소설들도 있었다. 옥자누나는 내게 만화나 소설책을 골라 읽게 하거나 장발장의 이야기를 해주었다.

"아, 맨날 책에 있는 그런 거 말고, 재미난 이야기 좀 해봐
봐. 이잉."

"이야기는 거시기, 거시기 밑에 불이 났단다."

옥자누나는 빙긋 웃으며 딴청을 부렸다. 그러자, 조르다 말
고 나도 모르게 엉뚱한 말이 튀어나왔다. 왜 느닷없이 내 입에
서 생뚱맞게 그만 말이 불쑥 튀어나왔는지는 모르겠다.

"아버지 안 보고 싶어?"

"……진우야? 모든 일이 생각난다고 맘대로 되는 건 아니란
다."

그녀는 눈을 빤히 뜨면서 입을 꾹 다물어버렸다. 어른들처
럼 어려운 말로 대꾸한 그녀는 이방연속무늬로 도배된 천장을
쳐다보았다. 얼마나 아픈 대답이었을까. 그런데 가끔은, 누나
이면서도 누나 같지 않은 그녀의 까만 눈을 바라보면 나는 묘
한 기분이 들었다. 들기름이 반질반질하게 칠해진 노란 방바닥
에 엎드려 책을 보다가 그녀와 눈을 마주친 적이 있었다. 까만
속눈썹의 서글서글한 눈빛은 금방이라도 빨아들일 것 같이 나
를 빤히 쳐다보고 있었다. 불현 듯 사진 속의 작은외삼촌이 그
녀의 눈 속에 들어있을 것 같다는 터무니없는 생각이 들었다.
아주 짧았지만 겸연쩍었던 순간이었다. 그때 벽에 걸려있는 시
계가 추를 좌우로 움직이며 뎅뎅 울렸다. 그녀는 갑자기 무슨

생각이 났는지 잽싸게 밖으로 나가버렸다. 옥자누나는 왜 그랬을까. 그때의 난처하고 묘한 어색함이라니. 지금도 가끔은 내 머릿속에 깊이 각인된 기억이 바릇바릇 떠다녔다.

*

우식이와 좌식이는 나보다 세 살 아래인 쌍둥이였다. 내가 어렸을 적에는 가까운 곳에서 그들을 봐도 얼른 구별하지 못했다. 둘 다 눈썹이 짙었고 곱슬머리에 목소리까지 똑같았기 때문이다. 그러나 그 집의 식구들은 멀리서 뛰어오는 쌍둥이의 한 사람을 보고도, 좌식아! 우식이는 어디 있냐? 라고 집어냈다. 날마다 접하고 사는 식구들은 타인들과 달리 행동거지며 버릇을 아는 듯했다. 나도 나중에 알았지만, 우식이의 귀밑에는 까맣고 작은 점이 있었다.

성칠이 아저씨가 만들어준 구루마에 쌍둥이를 태우고 끌면 오가는 사람들이 모두 웃었다. 그게 사람들에게 흐뭇한 웃음을 주었던 것 같다. 이들은 시골의 같은 종합고등학교를 졸업하고 고향을 떠났다. 서로 다른 직업을 가지게 되었지만, 비슷한 운명도 지녔다. 이들이 성장할 무렵에 큰외삼촌집의 살림은 점점 줄어드는 형편이었다. 아무튼 우식이는 제대 하고 나서 중동 건설현장으로 떠났고, 좌식이는 육군특전사의 직업군인이 되었다.

모래가 뒤덮인 사막의 아침나절인 그날, 우식이는 토목공사 건설현장에 있었다. 도로의 지중화 공사에는 대형 지중물이 여러 종류가 쓰였다. 배관공의 일이 그러하듯 그는 평소처럼 화물트럭에서 작업에 쓰일 화물을 내리고 있었다. 물레방아만큼 커다랗고 육중한 고압전선 케이블이었다. 물건들은 시공할 장소에다 트럭에서 바닥으로 한 개씩 내려졌다.

케이블을 굴려 내릴 적에 동료 두 사람이 무슨 일 때문에 옥신각신했다. 우식이는 트럭의 꽁무니 밑에 있었다. 분위기가 어수선하여 손발이 안 맞을 즈음, 굴러 떨어지는 케이블을 미처 보지 못한 우식은 왼발이 깔려버린 것이다.

그리고 또 한 사람의 쌍둥이. 경상도, 전라도, 충청도의 경계에 있는 삼도봉은 해발1,176미터다. 특전부대에서 육군중사로 근무하는 좌식이는 야간훈련 중이었다. 아직 어둠 속에서 가을의 날빛은 숨을 죽였다. 위장을 하고 매복 시간이 끝나갈 무렵이었나. 훈련을 마치는 상황의 느슨한 분위기였다. 팀원인 병사들끼리 약간 어수선하게 잡담을 한 순간이었을까. 어디선가 노리쇠 만지는 소리와 까불면 쏜다! 그래 쏴 봐! 하는 말장난이 섞여, 좌식이 저 앞에서 고개를 돌렸다. 탕! 총소리가 난 뒤에야 좌식은 자신의 왼쪽 다리의 통증을 느꼈던 것이다.

그러니까, 비슷한 시간에 어미의 자궁에서 나온 쌍둥이라지만, 어른이 되어 같은 날 제각각 다른 곳에서 비슷한 사고를 당한 사연을 어떻게 설명하겠는가. 정말 귀신이 곡할 노릇이었다. 이것이 말이 되는 소리인가! 사우디아라비아의 사막에 있는 우식이와 국내의 험준한 산기슭에서 특수훈련 중인 좌식이가 거의 같은 시간에 비슷한 사고가 일어났으니 말이다.

살다보니, 나와는 무관한 일들이 내 의지와 상관없이 별똥별처럼 스치는 것은 얼마나 많은지……

8. 혼

6월 하순의 땡볕이 작열하고 있었다. 공무원연수원의 수료를 앞둔 마지막 주였다. 시푸른 남쪽바다가 하얀 거품을 물고 신음하는 거제도로 견학을 갔다. 왜 하필이면 그곳으로 갔을까. 달력의 숫자는 잊혔던 날들을 상기시킨다. 반공의 달인 6월이어서? 조선소의 거대한 독에 매어있는 유조선박을 건조하는 곳을 본 다음 점심을 먹었다. 회덮밥의 식곤증이 채 가시기도 전에 도착한 곳은 포로수용소였는데 칙칙하게 녹음이 우거진 큰산 아래였다. 원래 위치에서 조금 떨어진 곳에 당시의 상황을 재현한 모양이었다.

조형물들은 거의 실물과 다름없었다. 퀸셋막사들 안에서는 인민군포로와 유엔군, 국군의 마네킹들이 흡사 살아있는 몸짓으로 나를 노려보았다. 이념이 다르다고 동료의 목을 칼로 자르고 줄로 묶어 똥구덩이에 빠뜨린 만행과 차마 눈뜨고 볼 수 없는 억압적 행위를 열거하여 전시해놓았던 것이다. 서로가 서로를 저주했던 시간은 인간사냥이 따로 없었다. 더불어 괴기스럽고 환상적인 입체음향과 목소리들이 내 귓속을 후벼 파고들었다.

　—악질반동분자 새끼. 빨갱이 놈. 조선민주주의 인민공화국 만세. 대한민국 만세.

그들의 영혼이 있다면, 나는 수십 년 전의 흔적이 남아있는 공간과 시간을 공유했다. 한 시간여. 참혹한 고문을 당하고 있는 포로의 얼굴을 어디선가 본 듯했다. 누굴까? 알 수 없었다. 나는 자못 혼란스런 머리를 흔들었다.

밖으로 나오니, 이글거리는 정오의 태양빛이 내 몸을 사정없이 찔렀다. 안내자가 옥외 무대공연이 있다고 알려줬다. 삼삼오오 나무 밑이나 건물의 그늘진 곳에서 공연을 기다렸다. 나는 검정바짓가랑이를 끌어당기며 축대의 우거진 소나무 그늘에 앉았다. 그다지 넓지 않은 그늘이어선지 혼자였다. 모두 시선은 무대를 향했다. 사회자가 고려시대의 의종이 유배를 와서 억울하게 죽었다는 설명을 하면서 무용극이 시작되나 보았다. 해설자가 원혼이 바다를 떠도는 뭐라고 말하는데, 나는 자꾸만 졸음이 와서 눈꺼풀이 무겁게 감겼다. 그녀들은 의종 임금의 넋을 현대적으로 재해석하여 표현하나 보았다. 무용수 여인들이 선녀처럼 하얗고 얇은 옷을 입고 온몸으로 춤을 추었다.

두둥둥 둥둥~ 둔중하게 들리는 북소리 사이사이로 지 징 징 징~ 울려대는 요란한 징소리가 내 몸 안을 휘휘 저었다. 리듬이 불규칙한 음악은 내 영혼을 잡아 흔들며 슬픈 숨소리를 냈다. 나는 억지로 눈을 살포시 떴다. 바로 눈앞에는 하얀 나비들이 너울너울 춤을 추며 흐느적거렸다. 뜨겁고 눈부신 햇빛아래 입체음향이 내지르는 소리가 흡사 귀신들과 내통하듯 나를 흔들었다. 온몸이 싸늘하며 오싹한 전율로 소름이 돋았다. 하얀 티셔츠의 등짝이 축축하게 젖었다.

그렇다면, 수백 년 전 무인시대의 귀신과 수십 년 전 포로수용소에서 귀신도 모르게, 죽은 귀신들의 원혼이 함께 섞여 울부짖었다는 말인가. 하긴, 슬픈 혼령이란 게 있다면 여전히 한 맺힌 섬의 바닷가를 떠돌고 있는지도 모른다.

나는 그 후에도 가끔씩 나비처럼 춤을 추었던 그 대목과 포로수용소의 스산한 기억이 맞물려 도리질할 때가 있었다.

9. 말

　나는 쌍둥이 우식에게 큰외삼촌의 부음을 받고 곧 고속버스 터미널로 갔다. 살던 마을이 아닌, 읍내의 장례식장에는 검정 옷을 입은 유족들이 모여 있었다. 나도 노란 마포 완장을 어깨에 차고 큰외숙모의 손을 덥석 잡았다. 성깔 있는 남편의 그늘 아래 평생을 있는 듯 마는 듯 살았던 여인이었다. 그녀는 울먹였다. 그러다가 주위가 떠나갈 듯 울며 소리를 질렀다.

　"나도 금방 따라갈 테니 뒤 돌아보지 말고 싸게싸게 가란 말이요!"

　옆에 앉은 좌식이는 왼발을 길게 뻗으며 긴 한숨만 내쉬었다. 어쩌면 그들의 슬픔은, 나날의 자잘한 기쁨보다 더 넓은 그늘로 확장되어 가슴으로 파고 들어오는 게 두려워 우는 것인지도 몰랐다. 작년에 죽은 이모의 살포시 웃는 얼굴이 떠올랐다. 모두가 내 잘못이라고, 자기 자신에게 본질을 짐 지어버린 여인이었다. 늙어가는 과정은 모든 부분이 차례로 망가지는 것이다. 어떻게 망가지느냐가 문제다.

　밤의 기온은 떨어졌다. 장례식이란 살아있는 자들이 주검을 거두는 의식일 뿐이다. 금방이면 화장장의 불구덩이에 들어갈 시신을 수의로 염습하는 모순을 탓하는 자 없으니.

쌍둥이들이 화장장으로 시신을 모시고 간 사이에 나는 외가로 먼저 갔다. 큰외숙모를 안방에 뉘어놓고, 건너 편 작은외삼촌 집으로 발길을 옮겼다. 가을은 생물의 성장점을 멈추게 했다. 탱자나무 울타리가 웃자라 단정한 모습을 잃었고 성깃한 감나무는 주홍빛 감들이 대롱대롱 위태롭게 매달려있었다. 마을은 크게 변하지 않았다. 다만, 교회의 자리에는 경로회관이 들어섰으며 마을의 석고슬레이트 지붕들은 파랑이나 검정 혹은, 주황색 기와지붕으로 바뀌어있었다.

작은외삼촌 집도 예외는 아니었다. 질서정연한 돌담이 듬성듬성 허물어진 사이사이를 말라비틀어진 호박넝쿨이 감았고, 향나무들은 웃자라서 제 맘대로 뻗쳐졌다. 주인이 바뀐 행랑채는 온데간데없이 텃밭으로 변해있었다. 쇠줄에 묶여 초점을 잃은 누린 똥개가 끙끙거리며 나를 쳐다보다가 슬며시 개집으로 들어 가버렸다. 툇마루기둥 위로 제비집은 텅 비었으며, 먼지 묻어 끊어진 거미줄들이 바람에 흔들렸다. 주인의 신발인양 낡은 장화 한 짝이 댓돌 아래에 자빠져있는 것을 보고 나는 선산으로 걸어갔다.

우식이가 몰고 갔던 차량이 유골을 싣고 영산강 하구언 둑을 따라 다시 돌아왔다.

*

사고가 난 날, 큰외삼촌은 늘 그랬던 것처럼 혼자서 자전거를 타고 성묘 가는 길이었다.

나는 우식이와 함께 사고보험 일로 경찰서 교통과에 가보았다. 경찰관은 사고기록을 손가락에 침을 발라가며 읽어주었다.

─피해자의 왼편 두개골은 트럭의 백미러에 부딪혀 바스러져 함몰되었고, 팔과 다리는 짓이겨졌다.

가해차량 운전사의 진술서에 눈에 띠는 부분이 있었다.

─뒤에서 트럭의 경적을 여러 차례 울렸고, 차량 진행방향으로 자전거를 타고 가던 노인이 급작스럽게 핸들을 왼쪽으로 꺾어 어쩔 수가 없었다.

"운전사는 그 노인 양반이 쓰러진 그 주변에 갑자기 헤아릴 수 없는 흰나비들이 날아다니더라고 말했는데, 하도 시답지 않은 말 같아서 제가 서류에는 빼버렸어요.

그 다음날 지방신문의 사회면 기사는 이러했다.

이 마을에 사는 최용만(남, 81)씨는 자전거를 타고 추석날 선산에 성묘를 다녀오다가, 시속 70킬로미터로 급커브를 돌아 내리막길을 달려오던 트럭에 치여 그 자리에서 두개골 파열로 즉사했다.

"그런데 진우 형? 아버지가 트럭에 받혀 넘어질 때 그랬나
봐."

내가 뜸을 들인 우식의 입을 보며 궁금하여 다음 말을 기다
렸다.

"아버지의 흰 머리카락이 세 개나 백미러에 붙어있었다는구
먼."

큰외삼촌의 주검은 화장터에서 잘게 빻아져 뼈의 잔해로 항
아리에 담겼다. 쌍둥이들은 주검의 흔적을 들고 묘역을 찾았
다. 몇 년 전 조상들을 이장 할 적에 조성하면서 후벼 파놓았던
흙이라 고슬고슬했다. 깊지 않은 구덩이는 금방 유골항아리를
품었다. 뿌려지는 누런 흙의 알갱이들이 틈을 메꾸었다. 왼발
들을 절름거리는 쌍둥이와 나는 아랫벌에서 삽으로 떠온 뗏장
을 탁탁 두드리며 무덤을 다졌다.

거의 마무리가 될 무렵, 쌍둥이는 상석 위에 제수를 차렸다.
우리는 엎드려 절을 했다. 한쪽에서는 인부들이 두런두런 새참
을 먹었다. 나는 망부석 아래서 잠깐 기대었다. 좌식이가 절름
거리며 산적꼬챙이를 들고 와서 내게 술을 권했다. 마셨다, 나
는.

*

나무그림자는 점점 길어졌다. 파란 하늘에 구름들이 떠다녔다. 공중에서 뭔가 나풀나풀 떨어지는 것 같았다. 검정 신사복 저고리의 소매에 알록달록한 것이 붙었다가 떨어지며 금세 멀어졌다. 시야를 어른거리며 휘젓고 다니는 것은 호랑나비 한 마리였다. 나비는 너울너울 날갯짓을 하며 날다가 코스모스나 풀대궁을 옮겨 다녔다. 바람이 건듯 불어오자 파르르 날개를 떤 나비는 앉을 곳을 찾았다. 가을에 이리저리 옮겨 다니는 그 호랑나비는 왠지 쓸쓸해 보였다.

나는 이틀간의 숙취와 피로로 눈꺼풀이 무거워 자꾸만 졸음이 왔다. 비몽사몽 잠이 들었다. 혼란스러운 이미지들이 소용돌이쳤다. 죽음과 부활이 뒤범벅된 채 나는 벌레가 되었다. 애벌레의 어리광을 느낄 여유도 없이 나의 몸은 왠지 갑갑하기 이를 데 없었다. 안간 힘을 썼으나 몸을 옭죄는 힘에 벗어나지 못하고, 뭔가 단단한 우리에 갇힌 느낌이 들었다. 또다시 어지럽고 괴로운 혼돈에 휩쓸렸다. 한동안 정지했던 세포들은 미세하게 움직여 몸 여러 곳이 나의 의지와 상관없이 돋아나는 것 같았다. 부푼 몸뚱이에서 6개의 다리가 길어져 마디가 생기고 근육이 팽창했다. 이윽고 등에서 축축하고 구겨져 보잘 것 없는 날개가 퍼지기 시작했다. 나는 머리의 양쪽의 색소를 지닌 낱눈으로 나의 몸을 확인했다. 뭉툭한 더듬이와 몸통 뒤쪽에 붙은 날개를! 한껏 펼친 날개는 하얗고 갈라진 꼬리모양의 돌기로 길었다.

몸에 길들여지지 않은 의식은 억지스러워 옷을 잘못 입은 느낌이었다. 그러나 어떤 작은 떨림을 느꼈다. 나는 나를 돌아보았다. 날개옷을 입은 나는 나비가 되었나? 가느다란 다리와 등에 돋아난 날개가 거추장스럽다. 날개에 달린 가녀린 몸뚱이는 위태롭기 그지없다. 그렇지만, 이 또한 생명이며 삶은 주어진 숙명이다. 생명은 스스로에게 시간이 주어진 만큼 피었다가 시든다. 사람도 곤충도 생애의 종말은 똑같을 것인즉, 먹이를 찾아 헤매어야 한다. 타고난 기능은 누가 주었을까. 밝음과 어둠, 수평과 수직을 구분하는 의식은 본능이었다. 더듬이와 배, 다리에 퍼져있는 부위가 냄새를 감지했다. 몸통에 돋아난 털이 소리와 진동을 느끼면 머리에 달린 더듬이가 길어 테이프처럼 둘둘 말렸다가 펴졌다. 걸음처럼 걷는다고 느꼈다. 나는 비로소 날개를 퍼덕거리며 공중으로 날아올랐다.

한참을 돌아다니다 지쳐 아래를 보니, 코스모스들이 바람에 한들거렸다. 나비들이 군데군데 가느다란 발로 풀대궁을 붙잡고 있었다. 그중 분홍빛 코스모스에 앉아있는 호랑나비 한 마리가 눈에 띠었다. 그는 알록달록한 날개를 접으며 꽃가루를 먹지도 않고 그냥 나를 지켜보는 것 같았다. 한참동안을 꼼짝하지 않던 그는, 흥미를 끌만한 냄새를 맡지 못했는지 날개를 펼쳐 묘지들 쪽으로 날아갔다. 그가 한껏 펼친 날개는 검은 바탕에 노랑줄무늬가 찍혀있었다. 나도 코스모스의 꽃술 속에 다리를 휘저었지만 별다른 맛을 못 보았다. 그는 근처를 크게 비행하더니 묘역 쪽으로 날아갔다. 그리고 맨 마지막 묘석의 모서리에서 날개를 접었다. 나는 여느 나비와 다른 그의 행동이 이상하게 여겨졌다. 왠지 화려한 그의 자태에 흠뻑 빠져 나도 모르게 그곳으로 날아갔다.

그는 나를 처음 보았건만 전혀 모르쇠하지 않았다. 나도 이상하게 그에게 끌렸다. 그가 가느다란 앞발을 내게 내밀었다. 나도 엉거주춤 앞발을 내밀었다. 그가 먼저 입을 열었다.

"당신은 전생에 나의 피붙이였던 것 같아."

"어떻게 알고 그런 말을 합니까?"

"아까 우화羽化할 적에 보니까, 몸을 비틀며 빨리 나오려고 요동을 치더라고. 급한 성미가 우리 형제들의 타고난 성격이거든."

그의 눈을 찬찬히 들여다볼수록 내가 자꾸만 빨려드는 것 같았다. 그의 머리가 점점 크게 일그러지면서 사람의 얼굴로 변하는 듯했다. 오로지 몸통은 보이지 않고 얼굴만 또렷한 채로! 굵고 숱이 많은 눈썹과 서글서글한 눈빛이며 큰 입술은 어디선가 본 듯한 느낌이 들었다. 아아! 그렇다면, 행방불명되었다던 그 작은외삼촌이란 말인가? 나는 놀라서 그의 눈을 다시 한 번 더 뚫어지게 쳐다보았다. 어느새 온화한 그의 동공 속에는 사람의 얼굴인 내가 들어있는 듯해졌다. 작은외삼촌이라고 불러야 할지 말지, 머뭇거린 사이에 그가 말을 해버렸다.

"형님께서 만들어주신 불필요한 나의 거처가 조카를 만나는 장소로 되어버렸군."

"그렇다면, 용수? 작은외삼촌이신가요?"

"그렇다네. 자넨 내 동생 용선이 아들 맞지?"

"엄마는 늘 작은외삼촌에 대하여 아쉬움을 내비치셨어요. 그런데, 이렇게 만나다니요."

그는 조곤조곤하게 말문을 이었는데, 처음에는 내가 알 듯 말 듯 한 내용이어서 헷갈렸다. 현학적인 말투 역시 거슬렸다. 이상한 일은, 죽은 옥자누나나 기식 형은 물론 작은외숙모에 관하여 일절 물어보지 않은 거였다. 그가 하는 말은, 남한과 북한의 과거에 초점을 맞춰 현재를 에둘러서 토로했다.

"……나비가 되면서 어설픈 이념 따위는 시궁창에 쳐 넣어버린 셈이지. 인간이었을 적에는 허상과 실제를 혼동하며 실없는 시간을 좇아갔던 거였다. 하찮은 지식으로 이념이 갖는 그늘은 보지 못하고, 무모하게 대들었던 자들의 슬픔이지. 이념은 인간에게 욕망과 죄악을 전염시켜놓고도, 고독과 비참함을 먹고 자라는 허무였어."

나는 그의 말에 공감하며 고개를 끄덕였다. 그리고 아주 조심스럽게 토를 달았다.

"어떤 색깔의 깃발이 휘날려도 사람들은 삶은 지속됩니다. 대지의 층위에서 치욕을 견디며 사는 게 자연이니까요. 외삼촌께서 맹목적인 깃발을 나부끼는 바람이 되었을지라도, 그 당시의 지식인들은 다른 대안이 없었겠지요. 그때나 지금이나 어떤 바람이 불더라도 깃발이 없어져도 사람들은 여전히 살고 있습니다. 지구상에 이제까지 영원한 깃발은 없으니까요."

그가 그늘진 눈을 끔벅거리며 부끄러운 표정을 지었다.

"욕망의 유혹을 벗어나지 못하는 한 빼앗고 빼앗기는 건 숙명이고, 과정과 선택은 역사일 뿐이야. 자기 자신의 아픔만 알았지, 동족의 아픔이 나의 슬픔으로 전이된다는 것을 잊어버리는 비극적인 민족이었으니까. 동족끼리의 전쟁은, 실리보다 명분이 작용하여 더 오래 응어리지고 처참했어. 그건 이기적인 감정의 골에 아주 예민한 애증까지 도사리고 있음이야."

그의 언성이 조금 높아졌다고 느끼면서 나도 모르게 거들었다.

"전쟁이 일어나고 몇십 년이 지났어도 더욱 깊어진 증오가 그걸 말해주지요. 이 무모한 공방전으로 피폐해지는 것은 동질성을 잃어버린 동족뿐입니다. 싸움을 말리는 척하며 시의 적절하게 이해득실을 계산하는 건 이웃나라들이고."

나도 조금은 흥분이 되어 말 나오는 대로 지껄였다. 그는 가느다란 앞발을 바꿔가며 묘석을 짚었다. 접혀진 날개가 바르르 떠는 듯했다.

"저것이 없으면 나도 없다하니, 언젠가는 무모한 약육강식도 그쯤에서 끝나겠지. 하나가 되거나 여러 조각이 나거나, 통째로 이웃나라의 먹잇감이 되어도 그만이야. 아예 모두 지층으로 편입되는 일도 시간문제지. 헤아릴 수 없는 생물이 인간들에 의하여 훼멸되었지만, 원래 시작과 끝이 없는 자연이니까. 결국 비루한 육신은 후딱 지나갈 시간을 위하여 헛수고를 하고 말았지. 거미줄처럼 끝없이 나와서 내 몸을 칭칭 감았던 나의 후회는 죽어서야 끝났다. 비로소 죽음으로 자유를 얻었으니, 살아있는 자들이 어찌 죽은 다음을 알겠냐?"

그는 그쯤에서 말을 그쳤다. 나도 더 이상 할 말을 잊었다. 금방까지의 그의 얼굴은 다시 좁쌀만 한 곤충의 머리로 바뀌었다. 아니! 내가 그렇게 느껴졌다. 그리고 그는 다시 화려한 호랑의 날개를 폈다. 나도 묘역 아래 밭에 줄지어 선 해바라기들을 향하여 나래를 폈다. 파란하늘에는 흰 구름이 떼 지어 떠가고 있었다.

더듬이가 부러질 것 같은 굉음이 들려오더니, 느닷없이 캄캄한 혼돈의 소용돌이가 나를 빙빙 돌렸다. 두려운 생각이 멈칫거리다가 포기했으리라. 미숙한 날갯짓이 천길만길 낭떠러지에 추락하였나보다. 시간과 공간이 헷갈려 도무지 뭐가 뭔지 모르겠다.

"진우 형님? 음복술을 많이 마시더니 잠이 드셨구먼. 자 자, 이제 다 끝마쳤으니 내려갑시다!"

우식이의 목소리에 잠이 깨어 눈을 떴다. 잠은 죽음의 연습일까. 햇살에 눈이 부셨다. 세상이 온통 하얗다. 몸이 선뜻했다. 나는 나를 더듬어 보았다. 분명히 등덜미에 달려있어야 할 날개, 하얗고 우아한 날개가 없었다. 한순간, 내 거드름과 몸짓은 어떤 영혼의 육신을 대신하여 훨훨 날아다녔던 모양이다. 그 찰나인지, 그 시간인지 천형이었을까. 살아있는 세포는 진동에 의해 생을 느낀다. 배추흰나비처럼 나도 그렇다. 몸과 영혼의 교감신경계가 서로 증오하고 질시했던 시간과 공간이 가버린 모양이다. 내가 있거나 없거나, 또한 타인들이 있거나 떠났을지라도 삼라만상은 여전히 있을 것 같다. 도무지 알 수 없는 시간의 그늘 속에서 매몰된 내 욕망의 바이러스들은 시들고 말았다. 생물이란 짧은 생애에도 수없이 몸을 뒤척여야 하는구나. 살다가 죽어버린 것들의 영혼은 남아있을까. 영혼의 진화는 나도 모른다. 그러나 죽은 자들은 내 기억 안에서 여전히 숨을 쉬고 있다. 하늘에 걸려있는 시디신 빛살 속으로 가을이 그렇게 저물어갔음에도. ★

시간의 위력, 인간의 길

— 장두영

소설집 『나비의 뼈』에 수록된 여러 작품에서는 삶의 무게로
인한 중압감이 공통적으로 감지된다. 사업에 실패하고, 아내
는 가출하고, 머지않아 실직이 예고된 상황에서 소설의 주인공
들은 극도의 피로와 무기력감에 시달린다. 간혹 고향 친구들을
만나 같이 술잔을 기울이기도 하고, 또 어떤 때는 젊은 여성과
휴대폰 메시지를 주고받으며 작은 일탈을 꿈꾸기도 하지만, 결
국에는 숙명과도 같은 거대한 어둠의 굴레에서 한 발짝도 벗어
날 수 없다. 점점 머릿속이 아득해지고, 온몸에 힘이 풀려도 하
는 수 없다. "그저 뻣뻣한 다리 관절과 나이키운동화로 간신히
모든 걸 지탱"하는 수밖에. 그것이 인간에게 허여된 유일한 길
인 것을.

「영등포의 밤」은 삶의 무게로 인한 중압감이라는 주제를 도시 풍경 관찰을 통해 구현한 작품이다. 얼핏 파리의 아케이드를 거니는 산책자가 연상되기도 하는데, 소설 속 주인공은 서울 영등포 일대를 돌아다니며 관찰한다. 창녀와 노숙자, 찜질방과 대합실 그리고 쓰레기가 나뒹구는 누추한 길거리와 뒷골목이 그의 발길이 닿는 곳이다. 여기에 주인공의 순탄치 못했던 쓰라린 인생 역정이 겹쳐지면서 불안, 체념, 피로, 불면은 서로 얽히고설켜 거대한 혼돈을 이룬다. 서울의 어두운 맨얼굴에 관한 흥미로운 관찰이다.

남자는 힘없는 발길로 하얗고 거대한 역 건물을 나섰다. 딱히 목적이 있는 것도 아니다. 발길이 닿는 대로 걸으면서 어지러운 생각들을 정리해 볼 참이었다. 우체국 빌딩이 보이는 역 광장 난간에는 몸을 가누지 못한 취객들이 붙어 있다. 맥도날드 햄버거 빌딩 옆으로 영어 어학원과 휴대폰, 피부성형 따위의 건물들은 임대문의 현수막을 내건 채로 다닥다닥 붙었다. 남자의 눈에 보이는 거리며 건물들은 왠지 낯설게 다가왔다. 그래도 이십 년 가까이 이 도시에 살면서 가끔씩 지나쳤던 곳 아니던가.(「영등포의 밤」)

세밀하게 관찰된 밤 풍경을 따라간 끝에 마주하는 감정은

'낯섦'이다. 남자는 이십 년 가까이 서울에 살았고, 영등포는 그가 가끔씩 지나던 곳이다. 소설의 문장이 그려낸 거리 풍경은 비단 영등포뿐만 아니라 지도를 펼쳐놓고 무작위로 찍어도 대충 비슷하게 들어맞을 만한 서울의 모습이다. 그럼에도 소설 속에서 주인공은 당혹감을 맛보고 있다. 나아가 이 소설을 따라가며 읽고 있는 독자 역시 평소에는 무심코 지나쳐 걸어갔을 건물과 거리들을 단어 하나하나로 인식하면서 주인공의 당혹감에 동참하면서 서울을 '낯설게' 보고 있다. '낯설게 하기' 기법이 효과를 발휘하는 지점이다.

흐리멍덩한 남자의 눈에 비친 지나가는 택시와 행인들. 졸린 표정으로 얼굴을 쳐든 아낙네들과 사내 서넛이 남자가 내려온 계단을 따라 우르르 쏟아졌다. 열차가 도착한 것은 아닌 성 싶었다. 그들이 의자에 앉은 남자를 흘깃흘깃 바라보며 지나갔다. 멍한 눈으로 허공을 쫓던 남자는 뜬금없는 생각에 물렸다. 머릿속의 이미지들은 따로따로 바릇바릇 떠돌았다. 그래, 웬 노숙자가 바깥으로 나돌고 있냐고 여길까. 청승맞게 열차를 기다리는 여행객으로 보았겠지. 이곳은 열차가 멈추고 뱉은 승객들이 어디론지 사라지는 역 언저리니까. 모든 사람들이 열차를 기다리거나 떠나가고 지나가는 곳이니까. 언제라도 떠나고 다시 만

날 기약조차 있는 것은 아니니까. 이방인들끼리는 서
로 모든 고독을 창으로 찌르고 방패로 치받아야 하니
까.(「영등포의 밤」)

　카메라의 눈 역할을 충실하게 수행한 소설의 문장은 하나같
이 이채로운 표현들로 구성된다. 어느 하나 예사롭지 않다. 생
각에 '물리고', 머릿속 이미지들은 '바릇바릇' 운동하고, 열차
는 승객을 '뱉어내고' 있다. 이처럼 다양하고 역동적인 표현 속
에서 영등포역은 세상에 대한 하나의 함축적 비유를 형성한다.
기다리거나 떠나가고 지나가는 것이 인생이며, 이방인끼리 서
로 모든 고독을 창으로 찌르고 방패로 치받아가는 것이 인간
세상이라는 간명한 진리에 관한 적절한 비유다. '텅 빈 공허한
시선'으로 이루어진 카메라의 눈이 아니라, 통찰과 직관으로
꿈틀거리는 기표들로 가득한 날카로운 시선이 어둠에 깔린, 그
러나 결코 잠들지 않는 도시의 밤풍경을 생생하게 포착하고 있
다.
　한편 「잠실」은 익숙하고도 낯선 도시 풍경의 또 다른 측면
을 생생히 다룬 작품이다. 이번에는 대낮의 도시다. 밤에서 낮
이 되었다는 것은 단지 빛과 어둠이 바뀐 것을 의미하지 않고,
한창 활동하는 시간대의 도시 풍경을 들여다보겠다는 것이다.
또한 이번에는 허름한 영등포의 뒷골목이 아니라 휘황찬란한

테헤란로의 빌딩숲과 한강을 조망하는 고층 아파트로 옮겨갔다.

> 지옥철역의 계단을 거슬러 올라간다. 햇빛이 눈을 찌른다. 하얀 빛살은 회오리 쳐 온통 눈을 헤집으며 안으로 들어온다. 눈부신 물살이 걷잡을 수 없도록 밀려들어온다. 세상이 아려온다. 햇볕이 작살처럼 내리찍는다. 달궈진 테헤란로를 달리는 차량들마저 빌딩들과 아파트 숲에서 되쏘는 열기로 숨을 죽인다. 그 틈바구니를 헤집고 가는 살갗은 소름처럼 땀방울이 돋는데, 빌딩들의 날선 모서리는 날마다 낯설고 섬뜩하다. 시내버스를 타고 내려 걷는다. 내딛는 발걸음은 관성으로 움직인다. 누가? 내가!(「잠실」)

한밤중에서 대낮으로 옮겨갔어도 피로는 여전하다. 아니, 오히려 피로는 가중되었다. 푹푹 찌는 열기, 눈을 찌르는 따가운 햇볕은 쏟아지는 땀과 타는 듯한 갈증을 유발한다. 밤의 도시는 그나마 평온하기라도 했지, 무서운 속도로 달려가는 대낮의 도시는 그저 아찔하기만 하다. 정신없이 돌아가는 대낮의 도시 풍경 속에서 어쩌면 열사병으로 정신을 잃을 지도 모른다. 자칫하면 발을 헛디뎌 주저앉을 수도 있는 위태로움이 느껴진다. 여전히 도시는 낯설음으로 다가오고, 거기에 한 술 더

떠서 이제 "낯설고 섬뜩하다."

　이 소설은 2013년 11월 서울 강남의 한 고층 아파트에 헬리콥터가 충돌하여 사상자가 발생한 사건을 소재로 한다. 소설의 후반부 텔레비전에서 나오는 긴급 속보는 실제 사고가 발생한 아파트 이름 정도를 약간 수정했을 뿐 실제 사건의 내용과 크게 다르지 않다. 당시 기사를 찾아보면 사고 당일 오전 고층 아파트에 헬기가 충돌해서 기장과 부기장이 사망했으며, 아파트 건물 외벽이 손상되고 창문이 깨어졌다고 나오는데, 이러한 대부분의 내용이 소설 속 사건 내용과 일치한다. 그러나 신문 기사에서는 다행히도 아파트 주민이 다치거나 사망하지는 않았다고 나온다. 이 사고로 주인공의 아내가 사망한 것은 소설적 허구인 셈이다.

　무엇이 실제이고 무엇이 허구인지 가려내는 것보다는 실제 사건을 허구화하는 방식 내지 목표에 주목할 필요가 있다. 충돌 사건이 발생한 장소에 주인공의 아내를 데려다 놓기 위해, 주인공의 아내는 베이비시터로 설정되었다. 그렇게 하기 위해 주인공 부부의 경제적 곤궁함이 설정되었고, 그러면서도 한강이 내려다보이는 고급 고층 아파트와 그리 멀리 떨어지지 않은 곳의 초라한 빌라 촌을 대비시켰다. 여기에는 재개발을 그럴듯한 이유로 내세웠다. 한 편에는 햇빛이 제대로 들지 않는 빌라 지하층 B101호 주인공의 집이 있고, 그 옆에는 재개발되어 수십 층으로 올라간 아파트와 바벨탑을 연상시키는 123층 마천루가 서 있는 곳이 소설이 그려낸 도시다. 사회 양극화의 단면을 담아내기에 적절한 설정이 아닌가 싶다.

이처럼 소설 「잠실」에서는 대조의 방법을 상상력의 주조로 삼는다. 햇빛을 찬란히 반사시키는 고층 빌딩과 낮은 빌라 지하의 어두운 방, 고층 아파트에서 아이를 돌보는 아내와 환기도 잘 안 되는 지하방에서 혼자 밥을 차려 먹는 남편 같은 식이다. 이러한 대조의 상상력은 일차적으로 우리 사회가 직면한 양극화 현상에 관한 적절한 문제 제기를 수행하고 있으며, 더 나아가 소설 후반부에 이르러 "아내는 하늘 높은 곳에서 죽었고, 나는 땅속에서도 살아있다."라는 삶의 아이러니에 대한 설득력 있는 문학적 표현으로 발전하기도 한다.

그런데 왜 소설 속 인물들은 피로와 무기력과 슬픔을 경험하는가? 무엇이 그들이 겪는 정신적 고통의 원인인가? 만약 원인을 파악한다면 고통을 해소하거나 치료할 수 있는 길이 있지 않을까? 주인공이 실업이나 퇴직의 상황에 놓여 있고, 사회적 양극화를 향한 비판의 단초가 소설 곳곳에 놓여 있다는 점에서 얼핏 작가가 사회적인 목소리를 높이려는가 싶은 생각도 든다. 하지만 조금 더 찬찬히 소설을 읽어보면 그 이면에 존재하는 더 큰 문제의 원인이 서서히 고개를 내민다. 그것은 바로 '시간'이다.

> 추억은 잔인하다. 우리는 눈부신 어느 가을날의 잠자
> 리 떼처럼 정신없이 날다가 사라지겠지. 모두 시간의
> 먹잇감일 뿐이다. 시간을 마구 퍼먹었던 대가는 죽음
> 이다.(「잠실」)

시간은 모든 것을 부패시킨다. 아무리 순수한 것이라도 시간을 경과하면서 마멸되고, 변질되고, 썩어간다. 순수했던 시절의 꿈과 이상도 이러한 시간의 마수에서 결코 벗어날 수 없다. 근본적으로 인간은 죽음을 벗어날 수 없는 존재이기 때문이다. 시간이 흘러 애초의 순수함이 상실되었을 때, 주위를 둘러보니 자신의 몸이 온갖 세속의 때로 더럽혀져 있다는 사실을 깨닫게 되었을 때, 인간은 '환멸'을 느낀다. 소설집에 수록된 여러 작품에서 지속적으로 발견되는 피로, 무기력, 슬픔, 체념 등의 감정들이란 모두 한데 모여 환멸의 정서를 이룬다.

「비겁한 넋두리」에서처럼 고향 친구를 만나 과거를 회상하는 일은 잠시 위안을 준다. 하지만 추억이 주는 위안은 그만큼 시간이 흘러버렸음을 확인시켜주는 계기가 되기도 한다. 시간의 마수에 빠져 꿈과 희망 같은 순수함마저 부패하고 말았음을

문득 깨닫는 것이다. 소설 속에서 문학은 과거의 순수함을 단적으로 상징한다. 중학교 시절 문예반이었다는 설정, 주인공이 연모의 정을 품었던 윤진이 시인이었다는 설정이 그러하다. 문학은 곧 사랑이고, 그중에도 첫사랑이다. 그러나 윤진은 세파에 시달려 상처를 입었고, 그래서 죽었다. 윤진의 죽음은 주인공의 순수함이 완전히 부패하여 상실되었음을 명백히 선언한다.

> 참으로 세월이 무섭구나. 쉰을 넘긴 친구들의 어깨는 더 무거워지고 있었다. 생활이 삶을 옥죄어버린 상태에서 희망은 아득히 먼 하늘이었다. 텅 빈 머릿속을 흘러 다니는 흰 구름 몇 조각처럼 처량했다. 손에 잡히지 않은 꿈으로 무엇을 하겠는가. 하긴 생은 늘 고통을 쥐고 닮겠다. 그 고통의 본질은 살아있는 것들의 숙명일 터. 술을 마시고 취해 본들 해결되는 건 없다. 생애의 끝자락을 쥐고 흔드는 꼴이다.(「비겁한 넋두리」)

「비겁한 넋두리」에서 세 친구는 추억을 떠올리며 고향을 말한다. 그러나 그들은 알고 있다. 자신들이 고향으로 되돌아갈 수 없음을. 옛 연인의 죽음 앞에서 아무것도 할 수 없는 것도 마찬가지다. 본래 시간의 위력 앞에서는 어떠한 해결도, 위로도, 회피도 불가능한 법이 아니던가. 이런 점에서 "갑자기 머릿속이 아뜩했다"라는 소설의 마지막 문장이야말로 일말의 진실을 담보하고 있는 것이 아닌가 싶다. 인간의 숙명 앞에서 어찌할 바를 모르는 자의 당혹스러운 표정이다.

시간의 위력 앞에서 어떠한 위로도 소용없다는 원칙은 「옷깃을 스치다」에서도 예외가 아니다. 젊은 여성과의 스마트폰 문자 메시지 교환은 첫사랑의 추억을 떠올리게 하는 짜릿한 기분 전환이자 위로가 되지 않을까? 이 소설은 젊은 여성과의 짧은 인연에 관한 이야기다. 그러나 그러한 인연에 과도한 의미를 부여함으로써, 흘러간 시간을 거슬러 새로운 사랑의 열정에 기대를 품는 것은 너무 앞서 나가는 일이다. 주인공은 누구보다 그런 일이 무모함을 알기에 "더 이상, 그녀와 장난처럼 메시지를 주거니 받거니 하는 일은 이제 무모하지 않을까싶다"라면서 그녀와의 관계를 조용히 청산한다. 여기까지 보면 이 소설은 소박하고 소심한 한 남자의 내면에 잠시 파문이 일었다 사그라지는 에피소드를 다룬 것에 지나지 않는다.

그러나 「옷깃을 스치다」는 장례와 죽음에 관한 작가의 관심을 한껏 드러내고 있다는 점에서 주목을 요한다. 주인공과 문자 교환을 하는 여성이 병원 장례부에서 장례지도사 일을 하고 있다. 자연스럽게 장례나 죽음에 관한 단상이 그녀의 입을 거쳐 소설로 들어온다. 가령 다음과 같은 대목이다.

> 선생님, 죽음은 신성하고도 혐오스러운 것 같아요.
> 대개의 사람들은 영혼불멸을 믿고 이승의 고단한 삶
> 을 끝낸 영혼이 언젠가는 다시 새 생명으로 부활하기
> 를 원하지요. 죽음이 또 다른 세계로 이어진다고 믿
> 는 건 동서양이 다르지 않다고 합니다. 물론, 시대와
> 나라마다 달라서 매장, 화장, 풍장, 수장을 하는 풍습
> 이 있지만요.(「옷깃을 스치다」)

시간은 인간을 죽음으로 몰아가기에 두렵고 대단한 것이 아
닌가. 장례와 죽음에 관한 관심은 결국 시간의 위력에 대한 언
설로 환원된다. 또한 이 소설이 보여준 장례와 죽음에 관한 관
심은 묘지 이장과 장례식을 다룬 중편 「나비의 뼈」에 그대로
연결됨으로써 소설적 외연을 확장한다.

「내가 물었다」는 천 년의 시간을 건너뛴다는 황당한 설정
자체가 시간에 관한 작가의 계속되는 관심을 간접적으로 증명
한다. 시간의 초월은 꿈에서나 이루어질 수 있는 일이다. 모든
것을 부패시켜 인간을 환멸로 이끄는 시간의 위력, 아무리 발
버둥을 쳐도 죽음이라는 결말에서 벗어나지 못하게 만드는 시
간의 위력을 잠시 꿈속에서 상상적으로 뒤틀어본 것에 불과하

다.

물론 문답 내용 자체에도 제법 흥미로운 대목들이 있다. "욕망을 넘어서는 탐욕이란 우리 인간만이 가지고 있는 것일까요?", "약육강식의 원리는 숙명일까요?", "절대적으로 변하지 않을 근본은 무엇입니까?" 꿈속에서 이루어지는 문답에서 주인공이 최치원에게 건네는 질문이다. 돌이켜 생각해보자. 인간의 탐욕, 약육강식, 시간 속의 변화(부패)는 「영등포의 밤」, 「잠실」, 「비겁한 넋두리」의 중심 주제가 아닌가.

> 여기는 어디인가? 어느새 고속도로로 몰려든 차량들과 잇따른 버스는 거대도시 외곽에 접어들었다. 뿌연 대기 속에 구조물들이 가득 들어차 있었다. 버스는 멈칫멈칫 가다서다하며 빌딩 숲속으로 들어섰다. 한글간판보다 더 많은 영어 간판들을 이름표로 붙인 건물들이 낯익게 스쳤다. 꿀벌이나 개미떼처럼 그 속에서 닳아져 버릴 사람의 무리가 바글거리는 터전. 내가 바로 그 무리의 개체였다. 나는 다시 막막한 삶터로 돌아온 것이다. 밥과 사람살이의 곤고한 현실이 기다리는 곳으로.(「내가 물었다」)

꿈에서 깨어나 다시 도시로 돌아오는 장면 또한 흥미롭다. 잠깐 꿈속에서 시간을 초월하고, 인간의 숙명을 극복하는 법을 배운 것 같지만, 결국에는 다시 번잡한 속세의 일상으로 돌아오고 말았다. 그렇다고 일상이 무가치한 것이냐 하면 절대 그렇지 않다. 죽음이 "신성하고도 혐오스럽"듯 밥벌이와 사람살이는 혐오스럽고 알량하면서도 신성하다. 꿈속에서 맛본 작은 위안을 이제 접어두고 다시 현실 속에서, 영등포역 뒷골목과 테헤란로 빌딩 숲 사이를 걸어가야 하는 것이 이 소설이 그려낸 우리의 자화상이다.

「꿈결」은 호주로 가는 비행기 안에서 기이한 꿈을 꾸었고, 호주 현지 관광 안내원과 만나서 비밀이 풀리는 형식으로 된 이야기다. 꿈과 현실의 관계가 작위적이고, 작품 속에서 언급된 정치적 맥락에 관한 부분이 흐릿하게 처리되어 아쉬움이 많이 남는 작품이다.

> 왜? 당신의 피붙이들에게 피해를 준 사람이 나일지도 모른다고 말을 못했던가. 머릿속 어느 계곡에 묻힌 기억이 전두엽의 틈을 비집고 나왔다. 고래힘줄보다 더 질긴 그 기억은 구겨지지도 찢어지지도 않았다. 나는 또다시 여태껏 비겁한 나를 발견했다. 또렷한 정신을 잠재울 길은 없다. 그 시간이 지났다고 해도, 내 기억들은 미친 듯 나를 몰아세우고 있다. 아내와 딸을 앗아간 것이 나의 죗값이라는 생각은 여전하다. 아니, 기억은 제 맘대로 떠돌고 있다.(「꿈결」)

다만, 다른 작품에서 반복적으로 사용된 꿈을 아예 소설의 중심에 놓고 있다는 점에서 작가의 관심이 어디에 쏠려 있는지 잘 보여준다. 또한 꿈을 통해 환상과 실제를 넘나든 것처럼 한 편의 이야기를 통해 과거와 현재가 연결되어 의미를 이끌어내는 기법은 '시간의 위력'에 대처하는 인간의 자세에 관한 하나의 암시를 던져준다. 즉, 기억을 통해서 망각의 저편으로 흘러가버린 시간을 붙잡고 인간으로서 지켜야 할 삶의 윤리를 반성해보는 과정에 주목할 수 있으며, '기억', '시간', '인간의 길' 같은 키워드는 고스란히 중편 「나비의 뼈」가 이어받는 바다.

중편 「나비의 뼈」는 앞에서 살펴보았던 여러 단편의 요소들을 한꺼번에 모아놓은 듯한 성격의 작품이다. 꿈속을 넘나드는 서사가 펼쳐진다거나, 무덤 이장이나 장례 과정을 다루는 것, 또는 기억을 통해 망각의 시간 속에서 반성적인 탐색의 시선이 펼쳐지는 것은 여러 단편들에서 부분적으로 다루어졌던 내용이다. 이 작품에서 이러한 여러 요소들은 단순한 합산의 의미를 넘어 종합을 지향한다. 개별적으로 보았을 때는 흐릿하던 것이 한데 모아놓고 보니 뚜렷해지는, 그런 의미의 통합이다.

소재적 측면에서 볼 때 이 소설의 외관은 무척 크다. 이 소설은 좌우이념 대립과 연결된 복잡한 가족사를 배면에 깔고 있다. 6·25를 전후한 시기 이념적 대립의 한복판에 작은외삼촌이 깊이 발을 담그고 있고, 그로 인해 남은 가족이나 친척들이 고초를 겪고 숨죽이며 살아야 했던 지난 수십 년의 시간이 소설이 진행되면서 하나씩 펼쳐진다. 부차적이긴 하지만 작은외숙모의 친정동생인 성칠 아저씨를 통해 빨치산에 관한 내용까지 확장될 때, 가족사를 넘어 민족수난사의 면모도 슬쩍 엿볼 수 있을 정도다.

소설은 큰외삼촌의 부음으로 시작해서 장례 장면으로 끝난다. 아예 처음부터 인간의 죽음이 소설을 견인하고 있는 것이다. 다시 세부적으로는 회상의 통로를 경유하면서 더 많은 사람들의 죽음이 하나씩 호출된다. 조카에게 한껏 정을 쏟는 이모의 임박한 죽음, 이장할 때 종이상자에 잔해가 옮겨지고 분홍보자기에 싸였던 작은외숙모의 한 많은 죽음이 나름의 맥락과 배경을 거쳐 소설 속에 펼쳐진다. "진우야? 팽팽했던 육신이 쭈글쭈글해지는 것은, 누구나 피할 수 없는 일인께 절대로 수치가 아니란다"라는 이모의 말씀은 멀리 시간을 따라 돌고 돌아온 한 인간의 진실한 마음이 잘 표현된 것으로 읽힌다. 작은외숙모에 관한 사연 또한 읽는 이로 하여금 슬픔과 한의 심사가 무엇인지 짐작케 하고, 더 나아가 적지 않은 소설적 공감을 일으킨다.

원망이 섞인 대목에서 외삼촌의 억양은 높아졌다. 천 근만근 삶의 무게가 짓눌러온 그 시기에도 그들에게, 혹은 그들이 기다렸을 것은 시간이었으리라. 그러나 지금에 이르러 늙은 몸은 쇠락하고 세월에 취하여 무기력해졌으니 모두 시간에 쫓겨 왔을 뿐이었다.(「나비의 뼈」)

모든 죽음은 시간의 위력에서 말미암는다. 늙은 육체뿐만 아니라 꿈과 희망 같은 순수함 역시 시간을 통과하면서 부패하고 상실되었다. 그저 시간에 쫓겨 왔을 뿐이었다는 말이야말로 시간의 힘을 거스를 수 없는 인간의 나약함에 관한 솔직한 고백이다. "장례식이란 살아있는 자들이 주검을 거두는 의식"이라 소설은 말하지 않는가. 곧 산자들은 죽음 앞에서 죽음을 뚜렷이 인식한다. 시간의 위력을, 그 앞에 선 인간의 유한함을 강조하는 이 소설의 메시지는 분명하다. 메멘토 모리Memento mori, 죽음을 기억하라!

살아있는 것이 내게는 죄여. 잠시만 멍해도 과거의 그 기억이란 놈이 언제 삐죽삐죽 나타나서 나를 이죽 거리는 것 같어. 오랜 세월이 지나면 미움도 아픔도 무뎌진다고 하지만, 그것도 아니여야. 어떻게 그 징

한 일을 잊어버리겠냐. 가해자는 제가 한 짓을 잊어
버릴는지 모르지만, 피해자는 죽을 때까지 상처가 남
아 있어야. 모르지, 죽은 다음에 저승이 있다면 거기
서는 또 어떨지……(「나비의 뼈」)

　여기서 또 한 가지 중요한 소설의 구성 요소가 나온다. 바로
‘기억’의 문제다. 인간은 반드시 죽는다는 것을 기억하는 것 말
고도 이 소설에서 기억해야 할 것은 더 있다. 인간과 인간이 서
로에게 총칼을 겨누고 극도의 폭력의 행사했던 역사적 사실을
기억하라고 소설은 촉구한다. 가해자는 쉽게 망각으로 나아가
지만, 피해자는 그 기억이 상처가 되어 죽을 때까지 남는다는
성칠 아저씨의 절규에 가까운 발언은 기억의 윤리를 새삼 강조
한다. 앞서 과거의 폭력과 상처를 잊지 않고 기억함으로써 반
성적인 자세를 견지해야 한다고 촉구했던 「꿈결」의 주제는 민
족사적 차원의 불행과 결부되어 외연이 한층 넓어진 셈이다.
이러한 기억의 윤리 중심에는 당연히 작은외삼촌이 있고, 해방
공간과 6·25를 전후로 한 좌우 이념 대립의 상처가 있다.
　시간의 위력과 기억의 당위 명제는 꿈 속 나비의 날갯짓을
통해 소설적 육체를 확보한다. 상징과 비유를 적극적으로 활용
하는 점에서는 소설의 영역을 벗어나 잠시 시의 영역에 근접하
는 모습을 보이기도 한다. 꿈결 속에서 주인공과 작은외삼촌이

나누는 대화는 인간의 욕망에 대한 엄중한 경고의 의미도 담아
내는 듯하다. 그러나 그 대화의 내용이 무엇이 되었든, 주제는
하나로 귀결된다. 시간 앞에서는 이념도, 전쟁도, 무모한 약육
강식의 논리도, 그 외 모든 것이 아무 소용없다는 것.

> 내가 있거나 없거나, 또한 타인들이 있거나 떠났을지
> 라도 삼라만상은 여전히 있을 것 같다. 도무지 알 수
> 없는 시간의 그늘 속에서 매몰된 내 욕망의 바이러스
> 들은 시들고 말았다. 생물이란 짧은 생애에도 수없이
> 몸을 뒤척여야 하는구나. 살다가 죽어버린 것들의 영
> 혼은 남아있을까. 영혼의 진화는 나도 모른다. 그러
> 나 죽은 자들은 내 기억 안에서 여전히 숨을 쉬고 있
> 다. 하늘에 걸려있는 시디신 빛살 속으로 가을이 그
> 렇게 저물어갔음에도.(「나비의 뼈」)

장례가 끝나고 소설은 끝난다. 죽음의 정체가 그러하듯 모
호하고 불가해한 허무와 무기력이 소설의 결말에 맴돈다. 어떻
게 본다면 이렇게 꼬리처럼 달린 허무의 표지를 작가의 인장으
로 볼지도 모르겠다. 그런데 이러한 허무의 흔적이 완전한 패
배로 환원되지는 않는다. 시간을 되돌리거나 초월할 수는 없
지만, 기억을 통해 과거를 복원하려는 시도는 얼마든 가능하
며, 또 그렇게 해야 한다고 소설은 말하지 않았던가. 아마 주인

공은 장례를 다 끝낸 후 다시 도시로 돌아올 것이다. 다시 삶의 무게로 인한 중압감에 시달리겠지만, 여전히, 그리고 묵묵히 계속 버티고 서 있을 것 같다. 그것이 이 소설집에 수록된 모든 작품들이 공통적으로 지향하는 인간의 길이 아닐까 한다.

작가의 말

생애는 소소한 기억과 각박한 현실로 뒤범벅되어있다. 살아
있음으로 죽은 자의 이야기를 듣는다. 치미는 분노와 위로는
사람의 것. 사람들이 처한 입장과 감정은 한순간에도 제각각
다를 터. 스스로 베고 베어지는 도발과 두려움의 틈바구니에서
서성거려야하리.

세상사에 대한 나의 관심은 그대로이다. 시계가 속삭이는
소리, 점점 크게 들리는데 도무지 견딜 수가 없구나. 무거워진
시간의 매듭을 풀지 못했으니, 아직 세상의 넓이와 깊이를 가
늠하지 못한 것 같다. 오래 되어도 지루하지 않은 이야기는 뭘
까? 소설들을 묶으며 곤혹스런 노동의 가치를 변명해본들, 또
다시 부끄러울 수밖에.

시대의 속도가 다를지언정 나의 생멸은 불완전한 이 시기와 함께한다.

햇덩이도 기울어져 늘어진 그림자를 거두어드릴 수조차 없는 노릇!

어둠이 깃들면, 두부와 호박을 숭숭 썰어서 된장국을 끓여야겠다.

2016년 가을 들녘을 지나며
열차 안에서